溺愛彼氏はそれを我慢できない

ナツ之えだまめ

幻冬舎ルチル文庫

C O N T E N T S ✦目次✦

溺愛彼氏はそれを我慢できない

✦カバーデザイン＝久保宏夏（omochi design）
✦ブックデザイン＝まるか工房

イラスト・六芦かえで✦

溺愛彼氏はそれを我慢できない

都内。

ＪＲの駅から徒歩五分ほど。ビルの外階段を、必死に大きなスーツケースを持ち上げている小柄な人物がいた。ともすれば、そのスーツケースといっしょに転がり落ちそうになりながら、ずりずりと渾身の力で引き上げていく。

身長は百六十五センチほど。襟元がフェイクファーのジャケットに革のパンツにブーツ。その中で細身の身体《からだ》が泳いでいる。

「はあ、はあ」

彼の名前は、藤枝真理夫《ふじえだまりお》。通称マリオ。童顔でもっと幼く——ときによっては、中学生にも——見えるのだが、年齢は二十六歳になる。

「うう、こんばんはー」

二階のドアをあけて入っていったのは、バー「ボタン」。あちこちに、ガラス、プラスチック、貝殻などの、服のボタンが意匠を凝らして配置されている店だった。

カウンターが九席、そのほかのテーブルは三卓ほど、ママ一人で切り盛りしている小さな店だ。

「いらっしゃーい」

出迎えた豊かな巻き髪と清楚なドレス姿の美人ママは元男性だったりするのだが、感じのいい明るい店内は「ゲイバー」という少々エキセントリックなイメージからはほど遠く、女性客やカップルも多い。

店にスーツケースを引きずり入れると、マリオはそれを片隅に置く。水色のそれには、ステッカーがぺたぺたと貼ってある。そのスーツケースを親しい友人にするみたいにぽんぽんと優しく叩くと、マリオはカウンター席のハイチェアによじ登った。

「はー……」

カウンターにつっぷして、息を吐く。

「曲はできたの？」

ママに聞かれて、マリオはそのままの姿勢でうなずく。

「できた」

声はくぐもっている。

マリオの仕事は、曲を作ることだ。そのほか、ライブや配信もやっている。

「ヒロくんに渡してきたから、あとは仕上がりを待つだけ」

「どうぞ。まずは、喉を潤《うるお》して」

ママが、レモン水を出してくれる。

もそもそと頭を上げると、マリオはそれを飲んだ。

「おいしー」と喉を鳴らす。彼の表情はよく変わる。笑って、しかめ面《つら》をして、また笑う。

「お仕事、お疲れ様」

「うん、ほんとによかった。今夜は仕事をきちんと終わらせたかったんだ。きれいな身体で来たかったんだよね」

「なに、竜《りゅう》ちゃんと待ち合わせ？」

からかうような調子だが、眼差《まなざ》しは温かい。

マリオは照れつつも、浮き浮きと返答する。

「うん、そう」

竜ちゃんというのは、黒岩竜吾《くろいわりゅうご》。マリオが大好きな相手である。

高い椅子《いす》の上で足をぶらぶらさせながらも、心は躍り出しそうだ。

だって、とうとう、今日という日になったんだもの。

「ああ、もう。早く来ないかな」

「いつにも増して、ご機嫌じゃない」

「えへへ、わかるー？」

あー、もー、どうしよう。これは、もう、嬉《うれ》しさを隠しきれない。身をくねくねさせて身《み》悶《もだ》える。

「竜ちゃんがね、ようやく親に借金を返し終わったんだよ」

「じゃあ、とうとう」

「うん、長かったよ」

今日は竜吾に『返事』ができる。とうとう、渾身の「好き」を口にできるのだ。

「おめでたいわねえ」

ママが微笑《ほほえ》む。育ちきっていない猫に対するような、慈愛に満ちた笑みだった。

「告白をOKしてもらうまでは、清い仲でいましょうなんて、すごい自制心よね。まあ、竜ちゃんらしいけど」

ママが、店の奥から大切そうにシャンパンを持ってきた。

「二人の純愛に、これは、私から」

そう言って、冷蔵庫から出したオレンジジュースとともにカクテルグラスに注ぐ。これはシャンパーニュ・ア・ロランジュというカクテルだ。別名ミモザ。酒の苦手なマリオが、もっとも好む、甘くて華やかなカクテルなのだった。

「ありがとう、ママ」

ひとくち、飲んだ。口の中が甘酸っぱくシュワシュワする。

「わー。これ、好きだなあ」

「ふふ、幸せの味ね。とろけそうな顔してるわよ」

「えへへ」

そうだ。きっとこれが、幸せの味。

これから、自分と竜吾は新しいステージに上がる、祝福の味なんだ。

マリオはアルコールに弱い。そのせいだけではなく、今晩への期待で、胸が高鳴り、頬が熱くなる。

「あー、早く来ないかなあ」

八年。八年だもん。

待ち遠しくてたまらないのは、しょうがないよね。椅子から盛大に足をぷらぷらさせているマリオは、何度も繰り返す。

「まだかなあ。まだかなあ」

そんなマリオを、ママが微笑ましく見つめている。

「弁護士さんだもの。忙しいのよ。あれでしょ。『異議あり！』とかやってるんじゃないの」

マリオはママに向き直る。

「『異議あり！』って、法廷で言う弁護士はいないって、竜ちゃん、言ってたよ。法廷ですることは、証言と提出書類とを突き合わせることと日程調整がメインだって」

「そうなの？　地味ねえ」

マリオは、ぷくくと笑う。

証言と書類を比べてチェックしたり、日程の調整に真剣な顔をしている竜吾を思い浮かべたのだ。あまりにも簡単に、それらは脳内に浮かぶ。

「いいんだよ、ママ。そういう、地味なことを一生懸命やってる竜ちゃんが、最高にかっこいいんだから」

「ごちそうさま」

ママは、笑ってほかの客のところに行ってしまった。

「それにしても、遅いなあ」

マリオはキャラクターの腕時計をしている。ピンクでキャンディみたいなプラスチックの飾りがついていて、おもちゃみたいな時計だ。それでも、時間が正確なのがなかなかけなげだと、マリオは思う。

「おかしいなあ」

カウンターに置いてある携帯を確認する。メッセージも電話も着信していない。五分遅れるのだって、必ず連絡してくれる竜ちゃんなのに。

電波が飛んでいるのを確かめて、さらに振ってみたりするのだが、もちろんそれでメッセージが届くわけもない。

「もしかして、メッセージアプリが落ちてるのかな。最近、よく遅延するもんな」

でもまあ、そのうち来るだろう。約束を破る竜ちゃんじゃない。

店のドアが開いた。

「竜ちゃん!」

黒岩竜吾、その人が、よろめく足取りで入ってきた。

いつもは、背中に棒を入れているのかと思うくらいに、まっすぐな姿勢をしているのに、今日は違う。ようやく歩いているといった印象だ。

「もしかして、すごい酔っ払ってる……？」

そんなわけはない。相手は竜吾だ。酒は飲むが、酔うほど飲んだのは、見たことがない。

竜吾は、肩で息をしながら閉めたドアにもたれかかっている。仕事帰りなのか、スーツ姿だ。いつもぴしっとしている竜吾に似合わず、スーツもあちこちが汚れている。何度か、転びでもしたのだろうか。

「ああ……」

彼が、こちらを見た。竜吾は、泣きそうな顔をしている。

マリオは椅子から飛び降りると、両手を広げた。

「マリオ」

「どうしたの、竜ちゃん」

竜ちゃんこと黒岩竜吾は年齢三十一歳。弁護士だ。身長百八十二センチ。武道をやっていただけあって、肩に厚みがある。顔立ちがもっといかつかったら、ヤバい職業の人にしか見えないだろう。

いつもは退勤したら胸のひまわりの金バッジ、弁護士記章は外してしまう竜吾なのだが、今日はよほど急いでいたのか、そのままだった。

マリオにとって、竜吾は、温かな温度のある巨大な岩のような男だった。押しても引いても、びくともしない。

それが、どうだろう。今日の彼は、マリオが体当たりしたら、二十キロ近く体重差があるのにもかかわらず、ふっとんでしまいそうだった。マリオはおずおずと聞いてみた。

「竜ちゃん、どこか悪いの？」

「マリオ……」

彼は、名を呼ぶばかりだ。

「お腹痛いの？　それとも、仕事で何かあったの？」

竜吾は、ふらつきながらマリオのところに来た。前に立ち、マリオを見下ろしてくる。真剣な表情、強い眼差しに、マリオはひるむ。

そして、彼はいきなりマリオを抱きしめてきた。体格差があるので、そうすると、マリオは彼の胸の中に抱き込まれてしまう。

いつもなら、人前でそのようなことをするのを恥ずかしがる竜吾なのに、どうしたんだろう。

「マリオ……マリオ……よかった……」

「よかったってなんだよ。それは、これからだろ。なあ、今日こそ、言ってくれるんだよな」

このときには、マリオは無邪気に信じ込んでいた。今まで、自分たちは二人してがまんしてきた。それが、これから報われるのだと。

今日からは、自分たちは恋人同士だ。天下晴れて、つきあえるのだと。

快哉《かいさい》を叫びたいくらいだった。

竜吾が、ばっとマリオの身体を離す。

「そのことなんだが」

マリオは勢い込んで言う。

「俺の返事はイエスだよ」

「そうじゃない」

「え、じゃあ、『はい』？」

「違う」

「『ウイ』？『ダー』？『シー』？」

竜吾があきれたように言った。

「おまえ、『はい』の語彙《ごい》がやたらと豊富だな」

いつもの竜吾だ。少し、安心する。

「そりゃそうだよ。今日を待っていたんだから」

竜吾は、マリオの顔をつくづくと見た。なんだよ、いつも見慣れているだろうに。そうして、彼は、マリオの頬をその大きな乾いた手のひらでさわってきた。

軽くつまんでくるまでは許せたのだが、しまいには、つねってきて、マリオは彼の手を払った。

「なにすんだ、痛いだろ」

悔しいが、圧倒的に力が違いすぎるのだ。いつもだったら、「悪かった、痛かったか？」とおろおろする竜吾であるのに、今このときは違った。

「生きてるんだな……」

そんな、わけのわからないことを言って、感無量というようにこちらを見つめ続けている。目を細めて、二度と見ることがないと思っていた、懐かしい写真を見つめるみたいな目になっている。

なんだよ。

「当たり前だろ。先週も会ったじゃないか。なに、言ってるんだよ。竜ちゃん」

マリオは細くて小柄かもしれないが、食欲旺盛、健康そのもので、先月受けた人間ドックの結果だってぴかぴかのオールAだった。

「マリオ」

真剣そのものの顔で、竜吾が何か言いかけた。しかし、ためらったのちに、黙る。

マリオの胸は高鳴った。

来る？

とうとう、来る？

八年越しの告白が。

「いいよ。言って」

マリオは彼に催促する。

「頼む。俺と」

「うん」

「別れてくれ」

「もちろん！」

そこまで返事をしてから、懇願の内容が、まったく真反対であることにマリオは気がつく。

これは、あれだ。きっと、照れているんだな。

「竜ちゃん、違うだろ。そこは『おまえが好きだ。つきあってくれ』でしょ」

竜吾は、ぐっと唇を嚙《か》みしめた。自分に対するときには、いつだって、竜吾はちょっぴり微笑んでいる。甘い表情をしている。こんな厳しい顔、初めて見たかもしれない。

「間違っていない。なにも言わずに、別れてくれ」

「ちょっと待って、ちょっと待って」

「こんなことを言うのは、俺も、つらいんだ」

マリオは混乱していた。

ちょっと待って。ちょっと待ってよ。

別れてくれって。どういうこと？　そういうこと？

「だって、俺、竜ちゃんが実家に借金を返したらつきあってくれるって言うから、いい子にしてたんだよ。音楽で食べていけるように、曲をたくさん作って、苦手だったけど配信もがんばって、それで、ほかの誰ともつきあわないで、ずっとずっと待ってたんだよ」

その間《かん》、なんと八年あまり。いい加減な自分としては、恐ろしいほどの長さだ。

その長い時間を、ただひたすら、竜吾との甘い生活を、彼と晴れて恋人同士になれることをゴールにして、突っ走ってきたのだ。

それなのに、ゴールが見えた今このときになって、いきなりすとんと穴に落とすとか、そんなんありか？

彼の言葉が飲み込めない。言っていることを理屈ではわかっているのに、自分の心が拒否している。

だから、それ以上なにを言うこともできず、表情を作ることもできず、ねじが切れたゼンマイ仕掛けの人形みたいに、マリオはその場に固まり、突っ立っていた。

店の中が静まりかえっている。客はテーブルに二人だけだったのだが、話をやめて、こちらをチラチラ見ている。

修羅場《しゅらば》。今自分たちがやっているのは、修羅場に他ならない。修羅場の迫力には、普通の会話は引っ込むものなのだ。

「マリオ。おまえにはほんとうに、悪いと思っている。そのぶんの慰謝料を請求してくれたら……」

慰謝料？

請求？

まるで仕事みたいにして、自分のことを扱わないで欲しい。

「竜ちゃん、俺はそういうことを言ってるんじゃないんだよ！　これだから、弁護士は！　金でなんでも解決しようとする！」

どうしていいのかわからずに、マリオはダンダンと足を踏みならす。激情をどう逃していいのか、わからないのだ。そうか、これが「地団駄《じだんだ》を踏む」ってことなんだな。

「ちゃんと説明してよ！」

マリオはカウンターを叩く。ミモザの泡が、ふくふくと立った。

「なんで……？　なんでなの？　俺のこと、可愛いって言ってくれたじゃん。いっつも、優しかったじゃん。あれは、なんだったの。嘘、だったの？」

「嘘じゃない。俺は、おまえを」

「……？」

マリオは胸を押さえた。

そのときに感じたのは、痛みだった。恋の痛みって言うけど、ほんとに、こんなに、痛い

んだな。ものの例えじゃないんだ。

骨の髄《ずい》に染みこんでくるかのような苦しみ。

胸を手のひらで押さえて、竜吾に訴える。

「胸が痛いよ。竜ちゃん」

竜ちゃんの言葉が痛みをもたらすんだよ。

竜ちゃんなら。俺の知っている、今までの竜ちゃんなら、「大丈夫か、マリオ」とおろおろしながら走り寄ってくれるはずだ。そう思ったのに。

半分は合っていた。竜吾は青い顔をして、一歩足を踏み込んだ。だが、ぐっと歯を食いしばったかと思うと、「すまない」と言いおいて、出て行ってしまう。

出て行った。

こんなに、痛くてつらいマリオを置いて、行ってしまった。

信じられない。

竜吾が出て行き、店内が静かになる。低いジャズがかかっていたことにようやく気がついた。客がまた話し出す。マリオは、痛みが霧散していることに気がついた。

「ごめんね。変な雰囲気にして」

マリオはママに謝ると、ハイチェアに座った。カウンターにお行儀悪く、肘《ひじ》を突く。

「恋の痛みって、ほんとにあるんだね」

まだ、ミモザの泡は消えていない。それなのに、これが出されたときと、まるで状況は違ってしまった。

「あれ……？」

喉の奥が詰まっているみたい。

「どうしたのかな、俺」

すっとミモザのグラスが下げられ、代わりに温かいココアが出された。

「泣いちゃいなさい。早めにね」

あ、そうか。俺、泣きたかったんだ。そうか。

喉の奥から嗚咽《おえつ》が漏れてくる。目からは、ぽろぽろと涙が出てくる。

なんなんだろ、俺、こんなに泣けるんだな。不思議なくらいだ。

「そうよ。いいの、泣いても。そして、悪い男のことなんて、忘れちゃいなさいな」

ママが頭を撫《な》でてくれる。

悪い男？　竜ちゃんが？

俺のことを大切にしてくれた。ずっとかたわらで見守ってくれていた。いつだって、竜吾の愛情はたくさんで、それを疑ったことがマリオにはなかった。

今日という日まで。

「竜ちゃんは、悪い男なんかじゃないよ」

いきなり、自分との約束をなかったものにした竜吾。

それでも、マリオには彼のことをいやなやつだなんて思えない。

八年間。いや、出会ったときから勘定すれば、十年のあいだ、彼との日々を積み重ねて、より深い関係になるために全力を注いできたのだ。それを、いきなりなかったことになんて、ましてや憎むなんて、すぐにできるほど器用ではない。

「マリオちゃんをそんなに泣かせるなんて、悪い男よ」

それでも、その言葉が嬉しくて、また、勝手に涙が出てくる。

「おかしいな。俺、こんなに泣き虫だったかな」

「それは、竜ちゃんが、マリオちゃんにとって、とっても大切なものだからよ」

ママはそう言って、おしぼりを渡してくれた。

「ママ……」

ぐしぐしとその温かいおしぼりで顔を拭いて、淹《い》れてくれたココアを一気飲みする。

「ありがと！」

まだ目は赤いことだろう。それでも、立ち上がるくらいの元気は復活してきたようだ。

ハイチェアから下りると、よいしょと水色のスーツケースを持ち上げる。行きと比べて、ずいぶんと重さが増したように、マリオには感じられた。

それに、帰りには竜ちゃんといっしょだと信じ切っていたから。そうしたら、竜ちゃんが自分に重い荷物を持たせるなんて、とてもじゃないけど、考えられなかったから。

「うう、重いー」

スーツケースの重さに、また、泣けてくる。

「重いよう、竜ちゃん……」

都内の住宅地。

駅前にはタワーマンションが乱立しているけれど、少し離れたこのあたりには、一軒家が建ち並んでいる。

そのうちの、一軒。

庭が広く取られていることから、まだ土地よりも建物のほうに価値があった、少し古い時代に建てられた家だとわかる。その玄関先に、タクシーが止まった。

「ありがとうございました」

そう言って、マリオがタクシーから降りてくる。

「ちょっと待ちな」

タクシーの運転手に呼び止められる。

「荷物、下ろすから」

「あ……」

言われて、自分が手ぶらなことに気がついた。そうだ、スーツケースを車のトランクに入れてもらったんだっけ。

屈強な運転手さんが、軽々とトランクを下ろしてくれた。手渡すときに、痛ましげな顔をして、言った。

「なにがあったか知らないけど、元気出しなよ。ぼうや」

かあっと顔が火照《ほて》った。ごまかせたつもりだったのに、泣いていたの、ばれていた。

「ありがと」と小さく言って、スーツケースを受け取り、タクシーを見送った。

タクシーの運転手さん、いい人だったな。

そのことに少しだけ、慰められて、取り繕った「ただいま」の声を出して、マリオは家に入る。

玄関を入ってすぐに目に入る。靴箱の上に飾ってある兜《かぶと》。

これを見るたびに、マリオはなんともいえない、いやな気持ちになるのだ。

「……」

マリオはまるで、かたきを見るみたいにそれを睨《にら》むと、唇を尖《とが》らせて、スーツケースを持って廊下に上がった。

今は会いたくないと思っていたのに、書斎から父親が出てきた。日本人なら誰もが知っている大きな会社で、部長をしている。マリオとはまるで違って、頑強そのものの体つきをしている。趣味は山登りとゴルフ。どちらも大の苦手なマリオには、理解しがたい。

「真理夫。おまえ、今日は帰ってこないんじゃなかったのか?」

「予定が変わったんだよ」

顔を伏せていたのに、様子がおかしいことを悟られてしまったのに違いない。父親ははっとしたように、マリオの顔を覗《のぞ》き込んできた。

「泣いたのか？　男なのに」

頬が熱くなる。

自分だって、泣いたのは恥ずかしいと思っているのに、この父親には、デリカシーというものがないのか。

「悪かったな」

「あいつか？　黒岩くんのせいだな？」

そうだけど、真実を父親には告げたくない。単純化されて、もとあったものとは遠くなってしまう。それは、いつものことで、互いの理解が親子なのに難しい。

「そんなんじゃない」

素っ気なく言う。

「なあ、真理夫。あんな男、やめてしまえ。おまえにならもっと可愛らしいお嬢さんがふさわしい」

「いいからもう、放っておいてよ」

特に今は、そっとしておいて欲しかった。まだなにか言いたそうな父親を振り切る。

父親は元から真理夫と竜吾がつきあうことに反対していた。

竜吾が挨拶したいと言っても、聞いてくれなかった。

別れると言ったら、喜ぶだろう。

「竜ちゃんを家庭教師につけたのは、お父さんじゃないか」

――こいつは、いい男だぞ。ゴルフの腕もいいし、将来は弁護士だ。

そう言っていた父親の裏の思いを、マリオは聞いてしまったのだ。

――こんな男が、うちの息子だったら、よかったのになあ。

二階の自分の部屋に行こうとしたところで、食堂のドアが開いた。母親がいつものように一分《いちぶ》の隙もないきちんと化粧をしたスカート姿で、マリオに声をかけてきた。

「真理夫さん、ごはんは？」

「ごめん。いらない」

とても、腹に何か入れられる気分じゃない。

マリオは必死にスーツケースを二階の自分の部屋に引きずり上げた。

「そういえば、竜ちゃんも自分ちのお兄さんやお父さんに、反対されているって言ってたよな」

竜吾の親戚に紹介されたことは、まだ一度もない。

「俺たちの関係って、だれにも祝福されてないんだなあ」

今まで、自分たちは愛し合っているという確信があったから、気にならなかった。

それが、こうなってくると、もろさが露呈してしまう。

大きな柱が倒されてしまった家屋のようだ。ぐらぐらして、現実の風がひゅーひゅーと吹き込んでくる。

「疲れた」

スーツケースを部屋の床に置いたまま、マリオはベッドに身を投げ出す。

部屋の中は、配信と編曲用のデスクトップパソコンがあり、マイクや楽器もある。さまざまな機材が散乱していて、ちょっとしたスタジオになる。

あいているのはベッドの上だけ。

ベッド横の壁には、竜吾の写真がたくさん貼ってある。いつもは「かっこいいー」とうっとり見蕩《みと》れて、「おやすみ、竜ちゃん」と声をかけてるのに、今は見るのがつらい。

「こんなもの」

破こうと思って手をかけるのだが、端っこを浮かせただけで手は止まる。

指が震えている。どうしても、力を入れることができない。

あきらめてマリオは、手を離した。

「だめだ。やっぱり、好き」

好きな気持ちを、そんなに急には止められない。

ふられた。

これからの人生に、竜ちゃんがいない。

嘘でしょう？　そんなことってある？

写真たちがぐるぐるしている。

出会って間もない竜吾、夏の避暑地で勉強していたときの竜吾、合格圏内に入ったことを報告したときのいい笑顔の竜吾、配信曲がオリコンチャートに入ったことを喜んでくれた竜吾、たくさんの竜吾、たくさんの笑顔、たくさんの思い出。

マリオは、ベッドにうつ伏せて半分眠りながら、竜吾との今までのことを思い出す。

出会いは、高校二年のとき。

竜吾は自分の家庭教師だった。

マリオは楽曲作成が好きで、朝から晩まで弦を弾《はじ》き、鍵盤を叩き、歌を口ずさんでばかりだったので、当然のことながら成績は振るわなかった。私立の一貫校に行っていたので、ふだんの成績さえなんとかなっていれば、そのまま上の付属大学に行けるはずだった。だが、マリオは素行がいまいちだった。成績もよくなかった。外部の大学を受験するにしても、根性がなかった。

ないないづくしだ。

我が子の行く末を心配した父親が、ゴルフ仲間の息子なんだと言って、黒岩竜吾を家庭教師につけてくれたのだ。

当時、竜吾は四年制大学を卒業後、法科大学院で学びつつ司法試験合格を目指していた。身長が高く、身体はいかにも鍛えている感じで、あまり笑わない。マリオの第一印象は「ヤクザ?」だった。

だが、竜吾はとてつもなくまじめな男だった。きちんとマリオの受験全教科を教えてくれた。そして、マリオはその英語力で竜吾を途方に暮れさせることになる。

「どうして……この例文が、わからないんだろう……」

いつもは無表情な竜吾なのに、感情がわかる。そのことに感動しつつも、その初めてが「困惑」であるということが、情けなくてたまらなかった。「どうして」って、言いたいのはこっちのほうだよ。

「わからないから、わからないんだよっ！」

地頭《じあたま》のいいやつには、できない人間のことなんて、わからない。

「俺なんて、どうせなにやっても無駄なんだよ」

今思えば、なんてどうしようもない口答えなんだろう。そして、どこかで自分は、竜吾にだったら、そういう弱音を吐いても許される気がしていた。

ようは、甘えていたのだ。

さらにマリオは、竜吾のことを父親と同じ、「世間一般のできる人」の代表のように思っていた。

あの玄関に飾られている兜は、子供ができたと知ったときに父親が買ったものだそうだ。

あれを見るたびに思っていた。自分は、そうはなれないと。

（お父さんが望んでいたのは、きっと黒岩先生みたいな息子なんだろうな）

頑丈でまっすぐな男。

スポーツができて、頭がよくて。

きっと、父親は、竜吾みたいな男が息子だったら、嬉しかっただろう。

俺じゃない。

ひ弱でゴルフも山登りも好きじゃない。勉強もだめ。努力も嫌い。まだ言えてないけど、欲情する対象が女性じゃない。

父親受けするところなんて、一つもない。

山登りに連れて行かれたら、途中でおぶわれて下山、朝走ってみたりしたら、その日は授業中ずっと寝てた。まったく続かなかった。いいところなんて、ない。

反して、目の前の男は完璧《かんぺき》超人。弁護士なんて、契約書に甲とか乙とか出てるんだろ。そこから読み取るなんて、人間業《わざ》じゃない。

「見捨ててもいーよ。俺なんて」

そう言うと、無表情な彼が、ひどく驚いた顔をした。なんだよ、俺、そんなに変なことを言ったか？

「そんなことはしない」

はいはい、責任感、責任感。偉い、偉い。

「どうせ、お父さんがむりやり頼んだんでしょ。断りづらいなら、俺から言ってやるよ」

「おまえの家庭教師を、俺からおりる気はない」

どうゆうこと？　彼の顔を見た。

なんだか、マリオの言い分に対して戸惑っているように感じられた。

「んん？　意地を張ってもいいことないと思うけど」

「意地とかじゃない。どうしたらいいのかを、考えていただけだ」

「だからー、それが無駄なんだってば」

どうして、わからないのかなあ。

そう思ったマリオの頬がぷくっと膨れた。マリオの頬の肌はほかの人よりもきっと柔らかいのだろう。なんともいえずに、餅のようによく伸びるのだ。そのほっぺたの具合を見た竜吾が目を見張った。それから、ほんの少し。だが、確かに口元を緩めた。

（笑っ……た……）

思えば、出会ってから数週間、週に四日、来れば二時間ほど、竜吾とは顔を合わせていたけれど、いつも無表情もしくは額《ひたい》に皺《しわ》寄せて難しい顔をするばかりで、笑ったところなんて見たことがなかった。

あ、なんか。笑うと、いい感じ。なんだか、嬉しくなる。どきどきする。もっともっと、笑った顔が、見たい。

竜吾が指を出してくる。ほっぺたをつままれると思ったのだが、それはなくて、彼は慌てて引っ込めた。そして、そんな自分の指を信じられないもののように見つめている。

マリオは特定の恋人も深い仲になった男もいなかったが、このときにはぴんときた。

もしかして、こいつ、自分のことが好きなんじゃないだろうか？

そう思いついたときに、マリオの中の小悪魔的な部分、いたずらめいたものがぶわっと湧いて出た。

この、お父さんのお気に入り、あの玄関の兜側の男の慌てふためく顔が見たい。

いひひひとマリオは内心でほくそ笑んだ。

「ねえねえ。竜ちゃーん、そんなことよりさあ」

めいっぱいの甘い声を出してみる。

「竜ちゃん……？」

突然の砕けた呼びかけに、竜吾がうろたえている。

暖かくなり始めた季節だった。マリオは、ハーフパンツで靴下を穿《は》いていなかった。足先で竜吾のくるぶしを撫でる。

「ねえ、俺といいことしようよー」

竜吾が顔を赤くする。

（あたりだー！）

小悪魔マリオが歓喜の声をあげていた。もう、やられっぱなしじゃないぞ。これからは、反撃するんだ。

竜吾はそれ以降も、今までと同じようにマリオに接した。だが、マリオはもう、勉強よりもいかに竜吾を挑発するかに夢中になってしまった。

手を撫でるとか、身体をすり寄せるとか、耳元にささやきかけるとか。

そうされると、大柄な彼がはっと身体を硬くして耳の先が赤く染まる。それを見ると、マリオの中の小悪魔、悪女的部分がきひひひ、やったー！　と快哉を叫ぶのだ。

だが、とうとう、竜吾が切れた。

短パンの太腿《ふともも》を竜吾の腿にすり寄せたのだが、竜吾はゆだったように赤くなったくせに、やけに低い声で言った。

「そういうことは、やめなさい」

あれ？　今までされるがままだったのに、もしかして、怒った？

やばい？

今のは冗談だよーって言ったほうがいい？

いや、でも、まんざらでもないよね。そうだよね。今さら、ひっこみがつかないよ。

そんな、みっともないこと。できない。

「えー、こういうの、好きなくせに」

そう言って、さらに身体をくっつけたときだった。

竜吾の片手がマリオの腰に伸びてきた。

「え、え？」

竜吾はぜったいに自分には手を出してこないと、マリオはどこかで高をくっていた。思ってもみなかった彼の反撃にあっけにとられているうちに、くるりと身体をひっくり返された。そのまま身体をベッドに押し倒される。彼に上から片方の手と足を押さえられてしまい、身動きが取れない。

竜吾の身体の匂《にお》いと、重みで、マリオはぐっとベッドに沈み込む。

（う、うわあああ！）

向こうがこんなことをしてくるなんて、想像していなかった。自分に気があるってことは、こうなるってことじゃないか。

うかつ。うかつすぎる。

心臓がバクバクいっている。竜吾の手が、マリオのTシャツの裾から腹に触れてきた。さわりとその手のひらが意味ありげにマリオの腹をさする。

ぞくっとした。

抵抗しなくちゃ。大声出さなくちゃ。

そう思った。

これは、自分が望んでこうなったわけじゃなくて、だから、あらがわないといけない。でも、どうしてだろう。そうできない。竜吾が大きいから。頑丈だから。自分はか弱いから。

自分から誘惑しておいて、人に助けを求めるなんて、みっともないから。

だから。

でも、ほんとは。ほんとのほんとは。そこまで、いやじゃない。ただ、びっくりしているのだ。どうしよう。

（……あれ？）

竜吾の手はいつまで経《た》っても、それ以上、侵入してこない。

「うん？」

ふっと、重いため息が、自分の上から降ってきた。

（なにこれ、どういう状況？）

竜吾の手のひらは、もうひとなでしたあと、惜しむようにゆっくりと引き抜かれ、彼が上からどいた。マリオは腕を引かれて身体を起こされる。

竜吾が言った。

「そうやって、俺のことをからかうな」

（うわーっ！）

ベッドに起き上がったあとも、まだ心臓のバクバクは続いている。

いや。なんだよ、俺。むしろ、残念とか思っていたりするなんて。

そこまで考えて、小悪魔マリオは観念した。

俺、もしかして、本気だった？　本気でこの人のこと、落とそうとしてた？　待って、どうして。自分で自分がわからなくなる。

「もう、こんなことはしないと約束する」

竜吾の言葉に、露骨にがっかりしている自分、なに？

「なんだったら、ほかの家庭教師を紹介してもいい。俺なんかより実績のあるやつだ」

「やだ、竜ちゃんがいい！」

咄嗟《とっさ》にそう叫んだ。

「誰が来たって同じだから、竜ちゃんでいいよ。勉強なんて、どうせ、わからないもん」

ほっぺたを膨らませて、マリオは竜吾に泣き言を言う。

「それに、……もし、大学に行けたって、お父さんの望むような人間には絶対になれないもん」

「藤枝さんの望むような人間とは、どのような人物だ？」

「俺、もともとは二卵性の双子の片割れだったんだって」

竜吾はベッドから下りて、床にあぐらを掻《か》いている。ふつうだったら、だらしなく見えそうなのに、竜吾がやると、なんだか武士みたいだ。

かっこいい。

キマっている。この人は、なんだってキマるんだ。

竜吾は、どうでもいいような話を始めたマリオを遮ることなく、聞いていた。マリオは、ベッドに深く腰かけて、足をぷらぷらさせながら話す。

「俺は、双子だったの。でもさ、俺の弟だか兄貴だかは、生まれる前におなかの中で死んじゃったんだって」

ずっと、ずっと、思っていた。

もう一人の生まれなかった子供は、お父さんに似て、スポーツができて、成績も優秀だったんじゃないだろうか。山登りもゴルフも得意だったかもしれない。ちゃんと女の子が好きで、もてたかもしれない。こんなふうに、貧弱で、勉強ができない子供じゃなかったかもしれない。

「生まれる前に戻してくれればいいのにな。そしたら、譲るのに。俺のほうが生きててごめんって、ずっとずっと思っていた」

うわあ、言いながら、暗くて引くわ。こんなことを言うやつ、どう？

だが、竜吾は、まじめな顔をしていた。ちゃんと聞いてくれている。そして、考えている。

最近は、竜吾のことをよく見ているせいか、自分が慣れたのか、考えていることが少し……——前よりほんの少し、わかるようになっていた。

彼は、額に縦皺を寄せていた。「そんなことを言われても困る」とか「言ってもしょうがないことを」とか「気のせいじゃないか」とか、とにかく、常識的な発言があるのだろうと思っていた。

だが、竜吾が発した言葉は、マリオが予想もしていなかったことだった。

「おまえは、曲を作るのが好きなんだよな」

彼の意図が摑《つか》めずに、顔をしげしげと見てしまう。

竜吾はこちらをからかっているようには見えなかった。

いつもと同じで、まじめな顔をしている。

なので、マリオも素直に答えた。

「うん、曲を作るの、好き。聴くのも好き。最近ではこれとか」

鼻歌を披露すると、竜吾は思いも寄らないことを言ってきた。

「おまえの作った曲か」

マリオは笑い出す。現代音楽に詳しいようには見えなかったが、まさかこれほどとは思わなかった。

「えー、嘘でしょ。これ、オリコンチャートトップだよ。テレビＣＭでだって流れてるのに」

竜吾は恥ずかしそうに言った。

「すまん。テレビ自体、あんまり見ないんだ。だが、このまえ歌っていたのは、おまえの作ったものだろう？　違うのか？」

「自作の歌なんて、竜ちゃんに聞かせたかな。えー、どれ？　どんなん？　どのこと言ってるの？」

「俺に関する歌だ。家庭教師が鬼だとかいう」

「嘘。聴いてたの？」

あれは、竜吾が来るのを待ちながら、即興で作った曲なのに。恥ずかしがるのは、今度はマリオのほうだった。

「えーと。こんなの？」

一度聴いた曲は、正確に思い出すことができる。それは、即興で作ったものでも同じだ。マリオの特技と言える。

すごい変な歌だ。しかも、俺の家庭教師は恐《こわ》くて鬼だって歌だ。それなのに、竜吾は、微笑んでいる。うん、今度は、以前みたいにあるかなきかじゃなくて、確かに、着実に、笑っている。

なんだろ、この気持ち。

やっぱり、俺、この人の笑顔、好き。

この人が笑ってくれるなら、俺、歌う。いっぱい、歌う。

観客があってのパフォーマンスだ。

マリオは、あのときに歌った一番だけではなく、ついついのりにのって、二番、三番まで歌ってやった。この男は、自分がコケにされているのにもかかわらず、しまいには、腹を抱えて笑った。そして、今までの中で最高にいい笑顔で言ってくれたのだ。

「楽しい歌だな」

嬉しい。最高。有頂天気分。

「ほんとに？」

「ああ、俺は不調法で音楽はわからないが、おまえらしい歌だ」

竜吾は、さらに思いがけないことを言ってきた。

「おまえは、曲を作る人間になればいい」

マリオの動作がぴったり止まった。

え、この人、今、なにを言ったの？

はい？　はいー？

「はあ？　なに言ってんの。それって、プロになれってこと？」

「まあ、そうだな。歌って食べていく人間になれよ」

「無理だよ。なれっこないじゃん。俺なんて」

彼の笑顔が消えた。渋い顔になる。顎に手を当てて、しきりとなにか考え込んでいるようだった。

しまいに息を吐いて、竜吾は言った。

「そうだな。今のまま、できないって言ってるだけじゃ、可能性はゼロに近いな」

「そりゃそうだよ。プロなんて、そうそう、なれるもんじゃないもん」

「だが、ゼロじゃない。そして、おまえが熱中できるのは、音楽だけなんだろう？　だった

のの顔をしている。

この人、俺のことからかってるのかなあって思ったんだけど、相変わらずまじめそのもの

音楽やれって言ったり、大学行けって言ったり。

「なんか、矛盾してない？」

ら、勉強して、大学に行け」

「状況が許されるなら、見聞を広めるつもりで、大学に行ったほうがいい。そこで学べば、おまえの音楽の幅も広がるだろう。さらに、同じように音楽を志す相手が見つかれば、より確率が上がるだろう。だから、行け。おまえは、音楽でしか幸せになれないんだから」

うわー。今、ちょっぴり俺は、夢を見てしまった。それは、いつも考えないようにしていた。だって、それは夢だもの。夢に過ぎないいんだもの。

「でも……でも、無理だよ。俺なんて」

「俺にはおまえの音楽家としての将来を保証してやることはできない。だが、大学に行かせてやることはできる」

竜吾は真剣な顔をしていた。

「おまえ、曲を作るのが好きなんだろう？」

「そうだけど、好きなことで食べていけるわけがないって……——」

「そう、おまえが思ったのか？」

「ううん、お父さんが言った」

また、彼は笑った。なんだか、今日はよく笑う。今まで閉じ込めていた感情を解放したみたい。

「これは、俺の私見だから、反論してくれてもかまわないが……。おまえ、好きでもないことを、我慢してやっていけるタイプなのか？」

あまりにも鋭くて、「ぐはっ！」と奇妙なうなり声をあげて、ベッドに倒れ伏した。

まったくもってその通りだ。例えば、自分の父親のように、――まあ、むりだろうが――商社に勤めたとする。それなりの大きな会社だ。そこでやっていけるとはまったくもって思えない。

自分が夢想できるのは、ライブハウスで歌う、大きなホールで歌う、世界で歌う、自分の曲が流れてくるのを街中で聴いている、そんな自分だけだ。

音楽を仕事にする。好きなことで食べていく。

今まで、現実に即して考えたことはなかった。だけど、俺、音と戯《たわむ》れて生きていけるなら、そうしたら、苦しくても我慢できる。

だって、音楽をあきらめることができないから。

「できるかな」

「大学合格までは、俺がついている。まかせろ」

「絶対？」

「絶対だ。だからもう、『俺なんて』とは言うな。おまえが『俺なんて』と口にするたびに、元気なおまえの一部分が死んでいくようで、俺はつらい」

そんなふうに、思ってくれていたんだ。

「ん……。わかった……」

知らなかった。この人は、ちゃんと、俺のことを見てくれている。亡くなった子供でもなく、理想とする兜の男でもなく。

ひ弱で、音楽が好きな浮かれポンチで、ともすればさぼろうとする、どうしようもなくいい加減な人間……つまり、藤枝真理夫をちゃんと、わかってくれている。


あの日から、マリオは竜吾のことを信じるようになった。

竜吾も「合格させる」という約束をまっとうするために必死になった。

詳しくない洋楽をピックアップして、歌詞をすべて覚えるように言ってきた。英語だけならできないのに、歌になると覚えられるから不思議だ。自分は、とことん、歌に特化した人間なのだろう。

「よし、これで基本的なヒアリングはできたな。次は、文法を解析して、意味を丸覚えしろ」

「そんな、ご無体な」

「できる」

「ん」

物事を覚えるって、なだらかな坂道じゃない。

まったく進まず、「もうムリ……、俺にはムリ……」って何度も思った。けれど、夢を掴みたいなら、今足を踏んばるしかないってわかってた。

いきなり、ある日、階段を上がるように、流れてくる英語の曲の歌詞がわかるようになったときには、ヘレンケラーの「ウォーター！」みたいな心持ちになった。目の前が開けた気持ち。

あれがきっと「希望」ってやつ。

それから、マリオの絶望的だった英語の成績は上がってきた。

「すごいぞ、マリオ。全問正解じゃないか」

そう言って、竜吾はマリオが大好きな顔、満面の笑みになった。ああ、最高。生きてきて、こんなに気分が上がったことってなかったんじゃないだろうか。

「えへへへん。竜ちゃんの教え方がいいからだよん」

あれ？　今、竜ちゃん、俺のこと、マリオって呼んだよね。

マリオの成績がアップしたことに有頂天になっている竜吾は、自分の呼び方の変化に気がつかない。

（いいな、いいな、竜ちゃんのマリオ呼び。好きだな）

広い科目を学習していたのでは間に合わない。

私立の一発狙いにして、受験科目を絞る作戦に出た。マリオは三年から成績がいきなり上がりだして……合格圏内に入って……。

翌年、見事第一志望である都内の私立大学に合格したのだった。


竜吾は合格発表当日、マリオの部屋で肩を並べて大学のサイトを見ていたのだ。彼は「合格」の文字に、大きく、大きく、ため息をついた。そして、静かになった。

「どうしたの、竜ちゃん。嬉しくないの？」

不審に思って振り向くと、竜吾は目を押さえていた。

「すまん」

彼はこちらを見た。彼が涙ぐんでいる。

「感極まるって、あるんだな。自分が大学に合格したときの何倍も、嬉しい」

そうさせたのは、自分だ。

「竜ちゃんが嬉しいのは、俺のおかげだね！」

「ああ、マリオのおかげだ」

竜吾の助けを借りて、自分がやった。

それで、竜吾をこんなに喜ばせることができた。それは、マリオにとってものすごい自信になった。竜吾が言った。

「がんばったな。マリオ」

「がんばれたのは、竜ちゃんがいたからだよ」

抱きついたときに、かつて竜吾に押し倒された感触を思い出してしまい、マリオはどぎまぎした。竜吾にもそれが伝わったらしい。

「あの」

どうしよう。この人とキスしたいって思ってしまった。

「あのね」

何を言い出そうとしているのか、自分でもわからない。そのときに、母親が部屋のドアを開かなかったら、自分はどうしていたのだろう。

「真理夫さん、合格おめでとう。サイトを確認したら、番号があったわ」

母親はいつも余裕がある。

「お父様が、今日は黒岩さんもいっしょに合格祝いをしましょうって。フレンチにしようと思っているのだけれど。黒岩さんは、苦手なものはおあり？」

「いえ、ありません。ご相伴にあずからせていただきます」

その夜は、父親はいつになく饒舌《じょうぜつ》だった。そして、竜吾にワインをついではテーブルにこぼし、「これでマリオもまともな道に」と何度も言った。

マリオは考えていた。それは無理なんだよね。だって、父親の言う「まとも」じゃないところに行くためにがんばったんだもん。

そう思って隣の竜吾を見ると、彼はわかっていると言いたげに微笑んでくれた。共犯者の笑みだった。

それにしても、竜吾は落ちついている。白いテーブルクロスがまぶしいレストランで、自分は、やや緊張気味なのに。

家に帰って着替えてきたという、濃灰色のスーツは彼にとても似合っている。体格のいい竜吾にぴったりなところといい、さきほどふれた生地の感じといい、これはきっとオーダーメイドなんだろうなと推測する。

いつも、自分の家庭教師をしてくれていたときには、あまり思ったことはなかったんだが「おとな」だという気がする。

反して、マリオはブレザーの制服姿だ。これが、幼さを助長させている。自分でも七五三っぽいと思う。

そっと、マリオはささやいた。

「竜ちゃん、スーツ似合うね」

それを父親に聞きとがめられた。

「竜ちゃんとはなんだ、先生に向かって」

たしなめられて、マリオは首をすくめる。

「藤枝さん、私は真理夫くんにそう呼んでもらって嬉しいです」

竜吾がかばってくれた。

「私は、見た目と弁護士志望ということで、敬遠されることが多いのですが、真理夫くんに親しみを込めて呼んでいただけて、弟ができたみたいで嬉しく思いました」

ツキンとマリオの心のうちにトゲが刺さる。

弟。

「そうですか。そう言っていただけると」

え、そうなの？

弟なの、俺？

なんだ、この失望感。

だけど、今のままでは、まったくもってそうじゃん。あんなに長くいっしょにいたのに、ふれあったのは、自分がちょっかいをかけたときだけで、それ以降は、ひたすら二人してまじめにお勉強をしていただけだもの。

父親が竜吾に言った。

「うちのにかかずらってもらって、申し訳なかったね。これからは、司法試験に向けて、がんばってください。合格の際には、お祝いさせてもらうよ。おっと、お祝いはおうちのほうでやるのかな。ご実家の法律事務所に入られるんだろうからね。いやあ、将来が楽しみだ」

父親は、竜吾のことを褒めちぎっている。

俺のお祝いなんだけど。

俺のことを、褒めてはくれないんだよね。まあ、そういうのは慣れてるんだけどさ。竜吾とは向かい側の席にいる母親が、優雅に羊肉を切っていたが、「がんばったわね」と小声でささやいてくれた。

「お母さん」

「黒岩さんはよくやってくれたけれど、結局は勉強したのは、あなたですもの。成果が出て、よかったわね」

そう言ってくれた。

「ありがと」

うん。あくまでも、自分のために勉強したんだけど。そう言ってもらえると、嬉しいもんだな。

夕食のあと、タクシーを呼ぼうかと父親は言ったが、竜吾は酔いを覚ましながら帰りますと断った。

「私のほうこそ、真理夫さんを担当させていただけて、その明るさにずいぶんと助けられました。今後の活躍をお祈りします」

えー、なに、その言い方。まるで、このままバイバイみたいじゃないか。

じゃなくて、そうなんだ。

竜ちゃんにとっては、俺は教え子に過ぎないんだから。

今日で、終わり。もう、会えない。

そんなの、やだ。

俺、家庭教師になってもらって、竜ちゃんについていくって決めてから、ずっとずっと、隣にいたのに。そんなの、やだ。

「それでは」

「ああ、黒岩くん。ほんとうにありがとう」

そう言って、竜吾が去って行く。

どうしよう。どうしよう。

マリオは、「ごめん、お父さん、お母さん。竜ちゃんにまだ言いたいことがあるから」、そう言うが早いか、返事を待たずに竜吾を追いかけた。スーツの後ろ姿が、人混みの中にまぎれそうになる。

「ごめん、ごめんなさい」

ほかの人たちを押しのけて、ようやくマリオは竜吾に追いついた。

「竜ちゃん！」

その背中にぶつかって彼を止めようとした。だが、結果としてマリオは彼に真正面から抱きつく形になった。いきなり彼が、振り向いたからだ。

「え、は？」

「マリオ？」

二人は、道の脇にどく。

竜吾は心底、驚いたようだった。

「おまえに、言い残したことがあったから、戻ってみようと思ったんだ」

「俺も。俺もなんだ。竜ちゃんに言いたいことがあるんだ」

マリオは真っ正面から彼を見た。堰《せき》を切ったように、言葉があふれてくる。

「あのね、このまま、会えなくなるなんていやだ。俺、音楽だけじゃなくて、竜ちゃんもいないと、幸せになれないよ」

竜吾は黙って聞いている。いつもの竜吾だ。家庭教師をしているときも、彼はこうして、マリオが言いたいことを聞いてくれていた。

「俺、竜ちゃんのことを、好きなんだ。お兄さんじゃなくて、恋してるんだ」

ああ、言ってしまった！

このまま離れてしまうのかと思ったら、言わずにはいられなかった。

長い沈黙。

いや、俺、先走った？　引かれてる？

でも、言わずにはいられなかったんだもの。どうしよう。居心地が悪い。なにか言ってよ。

お断りでもいいから。

断られたら……やっぱり、やだ。竜ちゃんとここまでになってしまう。

ゆっくりと、竜吾が口を開いた。

「とても、嬉しいよ」

「ほ、ほんと？」

いや。いやいや。待って、待って。

それなのに、なんでそんなに困った顔をしているの？　やっぱり、お断りなの？　今のは、社交辞令なの？

「だけど、返事は待って欲しい」

それって、もしかして、遠回りの断りの言葉？

そう、一瞬思ったのだけれど、自分の知っている竜吾は、こちらの気持ちがわかっているのに、弄《もてあそ》んだりはしない男だ。

竜吾が待ってくれと言ったら、ほんとうに待って欲しいのだ。

「いつまで？」

「俺が、実家に金を返し終わって、おまえと暮らしていける自信がつくまでだ」

えー、なにそれ。

「そんなん、いつだよー！」

混乱した頭で、マリオは計算する。今年司法試験に合格したとしても、ちゃんと弁護士の資格が取れるまでは、たぶん一年ちょっとはかかるよね。それから、生活の基盤が築けるようになるのって、いかに弁護士が有益な国家資格だからって、そんなに簡単なことじゃないんじゃないの。

「何年かかるか、わかんねえじゃん」

「頼む。待ってくれ。おまえにいい加減なことはしたくない。俺の実家は、あまり芳《かんば》しくない人たちとのつきあいがある。それでも、俺を育ててくれた家だ。うちの事務所に所属しようと漠然と思っていた。だが、おまえとつきあうなら、それじゃだめだ。俺は、今年、なにがなんでも司法試験に合格する。それから、ほかの法律事務所に勤める。そして、がんばって家に金を返す」

竜吾は真剣そのものだ。ふざけている様子も見せない。

これって、これって。

「そのあと、おまえとの生活基盤を確立する。そのときまで、待ってくれ」

これって、実質的には、イエス？　だよね？　だよね？

でも、そんなに長くなんて、待てないよ。

「仮につきあうのは……？」

「だめだ」

うわー、お堅い。そんなん、やだやだ。いちゃいちゃしたい。マリオは、しなを作って言ってみた。

「セフレでも、いいよ？」

竜吾は、長い長いため息をついた。難しい顔をする。そして、マリオのほっぺをきゅっとつまんだ。痛くはない。優しい指の使い方だった。

「おまえを、そんなふうにはできない」

「借金を返し終わったら、ぜったいだよ。ぜったいだからね」

「ああ」

「ゆびきりだよ」

「わかった」

マリオの指が、竜吾の指にからんだ。そっと竜吾がそのからんだ指を揺する。

「はりせんぼん、のーますー」

「約束だな」

「竜ちゃん。俺も、それまでには、自立したおとなの男になるよ」

「期待している」

「期待してて！」

あの夜、まさしくマリオは天にも昇る心地だった。時間が早いか遅いかの差だけで、竜吾がしてくれた約束は確約と言ってよかった。

マリオと竜吾は、それからずっと、清い交際を続けてきた。友人以上、恋人未満の関係。

ごはんを食べに行ったり、遊びに出かけたりはするが、手を繋《つな》ぐ以上のことはしない。

だが。ついに。

ようやく、竜吾は親に金を返し終わり、今まで住んでいたアパートからマンションに引っ越したと電話で話してくれた。

『次の金曜日の夜、「ボタン」で待ち合わせよう』

「う、うん。泊まりの用意、していったほうが、いい？」

『マリオがよかったら……』

ばんざい！

そう叫びたいのを、通話しているあいだじゅう、こらえていた。あの日からずっと、スーツケースに服を入れて出して入れて出して、華美じゃない程度のかわいめパジャマを買って、家で試着して、にやにや笑ってみたりして。

まさに、地に足がつかないほどの心地だった。

そして、今日。

きっと、再びの告白だ。

今度こそ、返事ができる。そう思っていたのに。ちゃんと歯ブラシとパジャマと下着を持って、待ち合わせ場所に行ったのに。泊まる気満々だったのに。

どうして？

自室のベッドでうつ伏せから顔を上げて、壁に貼った竜吾の写真に問いかける。

ねえ、なんでだよ？　いきなり、どうして？　ついこの間まで、あんなに優しかったのに。住むならどこがいい？　って、聞いてくれた竜ちゃんなのに。


その夜、マリオは夢を見た。

竜吾との初夜の夢だった。それは、濃厚だった。手ざわりも、匂いも、肌を舐《な》めたときの竜吾の汗の味さえ、感じられた。

『どうしてこんなに可愛いんだ。食べてしまいたいくらいだ』

そう言われて、ほっぺたを吸われる。そこから、実際に彼に食べられてしまいそう。竜ちゃんに食べてもらえるなら、幸せ。

『いいよ、竜ちゃんにならｏ。たくさん、食べて』

そんなことを言っている自分は、陶然としている。頬が火照っている。蒸されたみたいに熱い。熱くて、体内の熱を解放したい。

『マリオ。そんなことを言われたら、俺の理性が吹っ飛んじまう』

竜吾の火のような息。狂おしい指の動きと、呼吸。

『そんなの、飛ばしちゃえばいいいんだよ』

そう言った自分の声も上擦《うわず》っていた。

耳から。

唇から。

この身体の中まで。

愛《いと》しさにあふれてしまう。体奥からせりあがり、声を振り絞り、したたる汗になり、ペニスから漏れる。


「ふわ――――あ！」

マリオは飛び起きた。思わず、自分のパンツを確認してしまう。それくらいに、生々しさを伴っていた。今この場に竜吾がいないことが、ふしぎなくらいの質感だった。

携帯の時計を見ると、まだ夜と言ってもいい時間だった。

「こんな夢を見るなんて、未練がましいっ！　俺っ！」

俺、ふられたのに。

別れてくれって言われたのに。

なのに。

夢の俺は、竜ちゃんに愛されて、うっとりしていた。

自分の部屋の中の竜吾の写真の数々を見ながら、いまさっきの夢とのギャップについていけない。そして、自分にとって、先ほどの夢こそがこうあるべき、こうなるべき姿なのだ。

あれが自然であって、現実であるこのときがおかしいのだ。

「俺、あきらめられない」

音楽と竜吾だけは、特別だから。

こんな、わけわからないままじゃ、一生、俺は納得できない。こんなもやもやを抱えたまま、いられるほどにおとなじゃない。

ちゃんと、竜ちゃんに話を聞こう。納得できるように話しあおう。そして、なんでもするから。そうだ。音楽をやめる以外だったら、なんでも言うこと聞くから、つきあってってもう一度、説得しよう。

まずは、正攻法。メッセージを送ってみた。

『ちょっと話があるから、会えない？』

返事はない。

マリオは自室でその携帯を叩きつけそうになった。

無視か。

まったくの無視か。

既読スルーか。

通話をしようとするが、きちんとブロックされていた。こういうまめなところが……好きだけど、今は腹が立つ！

「こうなったら、部屋の前で待ってやる」

だが、思い出した。竜吾はアパートを引き払って新しいマンションに引っ越したばかりだ。そして、マリオはなんと、そのマンションの場所を知らないのだった。この前の待ち合わせのあと、連れて行ってもらえることになっていたのだ。

こんなことなら、ちゃんと住所を教えてもらえばよかったとつくづく思う。が、あとの祭りである。

「だってさ、だって、別れるとか、思わないじゃない？」

みじんもそんな気配は見えなかった。

「よし、最後の手段だ」

これだけはやりたくなかった。

「職場に押しかけてやる」

竜吾の勤めている法律事務所は、虎《とら》ノ門《もん》にある。弁護士事務所がたくさん入っている、大きなビルのワンフロアが、彼の勤め先になる。

虎ノ門の駅で降りたマリオは驚愕《きょうがく》する。

「すごい」

自分の知り合いの弁護士は竜吾だけなのだが、ここにいると、あっちからもこっちからも、胸にひまわりの金色バッジをつけた人たちが、いいスーツを着て、革のがっちりした四角い鞄《かばん》を持って通り過ぎていく。まるで制服みたいだ。

そして、その中で派手な長袖Tシャツに野戦用軍服をもとにしたというモッズコートを羽織り、ショートブーツを履いた自分は、完全に浮いている。こんなことなら、七五三みたいで似合わないが、スーツを着てくればよかった。こんなに場違いだとは。

ビルの一階受付で竜吾を呼び出そうとしたが、むだだった。受付の女性に「アポイントがない方は取り次げない決まりです」とふんわり、やんわり、しかしきっぱり言われてしまった。

「そこをなんとか」

粘ってみたのだが、奥から制服の警備員が様子を見に来たので、マリオはしおしおと退散した。

警察沙汰《ざた》になったら、別れる別れないにかかわらず、恋人失格になってしまう。

表に出て、最近では珍しい、電話ボックスの陰でうずくまる。

「逆に考えるんだ。断るということは、とにかく、出勤しているってことじゃないか」

あったまいい！

すっくと立ち上がると、マリオはビルの地下にある、駅直結の通路に面したカフェに入った。ここの窓際のカウンター席から、竜吾が出てくるまで、待ち続けるつもりだった。


その三時間後。マリオは音《ね》を上げていた。

「もう、飲めないよう」

コーヒーを二杯、ココアに紅茶にフローズンヨーグルト。チーズケーキにキッシュ。トイレには何回行ったかわからない。とっくに退勤時間は過ぎたのだが、竜吾は通りかからない。

「トイレに行ってるあいだに、見逃しちゃったのかなあ」

カフェの店員の視線が冷たい。……気がする。だが、こちらはちゃんとオーダーして、飲みものを取っているのだ。なにか言われたら、「まだ、飲んでます」って言い張るんだ。

カフェの中には、やはり弁護士さんっぽい人もいたが、夕刻になると、退勤した会社員やOLさんが一杯のコーヒーを求めて入ってきたりもした。

客層が変わっていく。

それをぼーっと見ていると、女性客の一人が、こちらに寄ってきた。

「あの、もしかして、マリオ……？」

「そうですけど……」

彼女は嬉しそうに、手を打った。

「やっぱりそうだった」

マリオは配信にも力を入れている。曲を聴く人に一番ダイレクトに通じ合えるこの方法は、編曲やドラムを担当しているヒロが提言してきたものなのだが、マリオもけっこう気に入っている。

「配信、いつも楽しみにしてます」

「こちらこそ！　見てくれて、ありがとー」

自分が自然とふわりと笑っているのをマリオは自覚する。

こういう、「繋がっている」感覚を得ることができたのは、音楽を仕事にしてからだ。その繋がりが風となって、自分の帆は張られる。

曲を作るときには、「ここは地獄か」みたいな場所に入り込んで苦しむし、ときには「この曲、もしかして世界最高にださくねえ？」と思ったりする。それなのに、できてきた曲は、けっこういいんじゃないかと手前味噌《みそ》なことを思ったりするし、どれにも自分の匂いがする。

もし、曲がどんなに拙《つたな》かったとしても、それは自分がいなかったら、できなかったものだ。

そう思うと、生きてていいって気がして、ものすごく、ものすごく、安心するのだ。

そして、こういうところまで来られたのは、ぜったいに、ぜったいに、竜吾のおかげなのだ。

「マリオさん、いっしょに写真撮ってもいいですか」

「いいよー。じゃあ、チェキ！」

それからも、たびたび、声をかけられた。今度こそ、竜吾のことを見逃すのではないかと気が気ではない。

目立ちすぎじゃん、俺。

「あなた」

今度は男か。

「はいはい、写真なら早く撮ろう」

すまん。対応がぞんざいになっているのは許してくれ。だって、そろそろ、いくらなんでも、退勤してきそうな気がするんだもの。

そう思いながら、マリオは振り向いた。そこにいたのは、三十がらみの男だった。

「……？」

なんだか、おかしいなと思ったのは、自分に声をかけてくるタイプには思えなかったからだ。

猫背で無精髭《ぶしょうひげ》、帽子を目深《まぶか》にかぶっている。それほど寒くないのにカーキ色のコートのボタンを全部とめて着込んでいるのも、明るいカフェの店内に似つかわしくない。

え、不審者？

どう対応したらいいのか、マリオが戸惑っているうちに、彼はずずいっと間合いを詰めてきた。

「うひっ？」

「ふうむ。よく見通す目をしている……」

彼は顎に手を当てて、感心したようにそう言った。

「そういう目をしていると……なかなか、たいへんでしょう？」

え、なに？　新手の変質者？　それとも、なにか、勧誘されようとしているの？　マリオがたじたじしたところに、目の端に映ったもの。

「竜ちゃん……！」

そう、ちょうどそこで竜吾が通路を通りかかったのだ。マリオはその男に向かって「ごめん、また配信見てね！」と言いおいて、店を出て竜吾のあとを追う。

退勤してきた人たちが、地下鉄の改札に向かって歩いている。そこに竜吾はまぎれてしまう。

「竜ちゃん……！」

こういうこと、前にもあったよ。あれは、俺の合格祝いのときだった。前を行く竜ちゃんを追って、俺は今みたいに人混みを掻き分けてあとを追ったんだ。あのときには、竜ちゃんは俺に気がついて、振り向いてくれたのに。今はもう、だめなの？　俺のことが、わからないの？

悲しい気持ちになりながら、あとをついていく。

「ん……？」

話しかけるタイミングを逸《いっ》して、地下鉄の改札まで行ってしまったのだが、竜吾はなんと、そこを通り過ぎた。

「は？　どういうこと？」

声をかけようとしてはっとする。彼の横をいつの間にか、男が歩いていた。筋肉が付いているのか疑うほどに、病的に細いのが、後ろ姿からでもわかるシルエットだった。その上着はやたらと派手だ。つやつやした生地に薔薇《ばら》の柄《がら》。どう考えてもかたぎじゃない。一昔前のホストみたいだ。

それにしても、近い。近すぎる。

男は、体幹がしっかりしている竜吾にもたれかかるようにして歩いている。その足下《あしもと》は、浮いているんじゃないかと思うほどに、たよりない。二人は、しきりとなにか言い合っていた。なにか、口論しているらしかった。

「どういうこと？」

せっかく改札近くまで行ったというのに、彼らは階段を上がり、地上に出て行く。

「どこに行くんだよー」

彼らは、細い路地を入っていった。古いビルの裏になっており、駐車場に通じている人通りのない道だ。そうっと声を窺《うかが》うと、竜吾が彼にしては珍しく、大声を出していた。

「会社まで来るなんて、どういうつもりだ！」

「あなたがおとなしく、家で待っていてくれたら、こんなことにはならなかったんですよ」

竜吾の相手の男は、やたらとねちっこい声をしている。やだやだ、「家で待ってる」ってなに？　二人、どういう関係なの？　これって、もしかして、痴話《ちわ》げんか？

マリオは路地裏を覗き込んだ。そこで見たものは……——

男と竜吾がキスをしていた。男の頰は肉がそげていた。自分のふくふくした頰とはまるで違う。その顔が竜吾のそれと密着している。

竜吾は背をビルの壁にもたれさせて、苦しげにそこに指を立てている。男が、こちらを見た気がした。

その視線が刺さりそうで、マリオはがくがくする膝を叱咤《しった》して、道をとって返した。

キス？　キスしてた？　俺だって、してないのに？

衝撃の事実。

「男がいた！」

竜吾は一生、自分だけのものと思い込んでいた。

あのキス、初めてじゃないよね。慣れてる感じだったもの。だいたい、竜吾は空手の有段者なのだ。もし、本気でいやがったら、はねのけることができたはずなのだ。

ということは……——合意。

「うわあああああ！」

マリオはその場にうずくまる。歩道を歩いていた人たちが、ぎょっとしたようにマリオをよけていく。

「嘘だろ……。嘘だと言ってくれ……」

今までの価値観すべてがひっくり返ってしまった。

竜ちゃん、あんなにまじめそうな顔をしていたのは、なんだったの？

俺のことを愛していると思い込んでいたのは、勘違い？

竜ちゃんが俺のためにがんばっているのだと、信じていたのはとんだお間抜け？

「なにこれ」

ぐらぐらしている。足下が揺らいでいる。

マリオは立ち上がろうとしたが、その場に膝をつきそうになる。

マリオが自分に自信が持てたのは、竜吾がいたからだ。

(俺、竜ちゃん中心に世界を回していたんだ)

そのことに、ようやく思い至った。自分の中心には、太陽みたいに竜吾がいる。それがな

くなってしまった。

自分の世界が崩れていく。

「もう、俺なんてどうなってもいいんだーっっっ!!」

虎ノ門の大通りの真ん中で、マリオはそう、叫んだのだった。

その夜。

バー「ボタン」で、麗《うるわ》しのママを前にして、マリオはカウンターでくだを巻いていた。

「ママの言ったとおりだったんだよー。ひどいよう、竜ちゃん。ひどい男なんだよ。俺が、こんなに竜ちゃんのことを好きなのに。好きにさせておいて、こんなのないよう」

みっともないなあ、俺。でも、もう、いいんだ。俺なんて。

「ママー。バーボン、おかわり」

バーボンなんて、ちっともおいしくない。でも、これは、竜ちゃんが好きな味だから。

「うわあ、俺、キモ！」

俺のことを手ひどくふった男の好きな酒を、自分も好きになりたいなんて今でも思っていたりする。

「ああ、もう、誰でもいいから、がーっと俺のことをめちゃくちゃにしてくれればいいのに」

ママが、困ったような顔をしている。

「もう、そのくらいにしておきなさいな、マリオちゃん。あんた、お酒に弱いんだから」

「いいの。しらふじゃいられないの。酔って酔って、どうにかなりたいの」

今まで、楽しかった分、気持ちは盛大にマイナスに振れている。もう、いい。

竜吾に嫌われた自分なんていらない。

「『自分なんて』って、久しぶりに思ったな」

こういう落ちこみ方、久しぶりだ。竜吾と会う前には、毎日のように感じていたのだけれど。ぐすっと洟をすする。「自分なんて」と言わなくなったのは、竜吾がいたから。

竜吾が自分を認めてくれたから。ありのままの自分でいいと、言ってくれたから。

「もう、嫌いだ。竜ちゃんも。弁護士も。あの、新しい彼氏も。自分も。みんな、嫌いだ。大嫌いだ！」

隣に、スーツの男が座った。きゅっとウエスト回りを絞ったラテンふうのデザインだ。キザなんだけど、その男にはやたらと似合っていた。

誰だっけ？

どこかで会った気がするんだけど。

「威勢がいいねえ。なにを飲む？」

「おごってくれるの？」

「もちろん」

「うーん、ミモザ」

ミモザは、失恋の味だ。やってきたグラスに口をつけて、マリオは顔をしかめた。いくら酔っていたって、これくらいはわかるぞ。

「なにこれ、単なるオレンジジュースじゃないか」

「きみ、少々、飲み過ぎだからねえ」

男はにこにこしている。すかした男だ。そして、遊び慣れた匂いがする。

「どこかで会ったことあった？」

「おお、嬉しいねえ。そんな誘い文句をもらえるとは。ぼくはね、きみの嫌いな、弁護士だよ」

「嘘だあ、こんなところに弁護士さんなんて、いるはずないもん。トラノモンでしょ、いるのは」

あまりにろれつが回らなくて、虎ノ門がまるで猫型ロボットのキャラ名みたいな発音になった。

「ほんとだよ」

彼はそう言うと、ちらっとバッジを見せてくれた。ひまわりに天秤《てんびん》。金の小さなバッジ。竜ちゃんの持っているのと同じだ。

「弁護士は嫌いなんだよ」

だから、竜ちゃんも嫌い。

「嘘だよ」

ほんとは好き。大好き。全身全霊をかけて、愛してきたんだ。そんなに簡単には止まれないっての。

「竜ちゃんの、バカ」

そう言って、マリオはカウンターに突っ伏した。

マリオは、目をあける。天井にシャンデリア。大きなベッド。アロマの匂いに混じって、かすかに消毒っぽい匂い。

目だけ動かして、右を見た。左を見た。よいしょと上半身を起こす。モッズコートは脱がされていて、長袖Tシャツの裾がめくれているのを直す。

いったい、ここ、どこ？

「ふみ？」

目をこする。

「起きた？」

穏やかな声がかけられた。

「あ……」

さっきの人だ。バスローブを身に纏《まと》っている。

「ここ、どこ？」

「ラブホテルだよ。来たことないの？　彼氏がいるんでしょ？」

さんざん、竜ちゃん、竜ちゃん、言っているのを聞かれているからな。でも、正直に答えた。ずきずきしたけど。こんなこと、言いたくないけど。

「いないよ」

「もしかして、ふられたの？」

そう言って、彼は笑う。

すげえ、腹立つ。そうかもだけど、そうなんだけど、言われると、ほんとのことだからこそ、腹が立つ。

「ふられたっていうより、もとからつきあう気がなかったみたい」

言ってから、どっと悲しくなる。シーツを握りしめて、ふるふるしてしまう。

「ふんふん、なるほど」

うなずきながら、彼はベッドに腰かけた。

「そっかあ。ひどいやつがいたもんだね。そういうときにはね、新しい男を作るのが一番だよ」

そう言って抱き寄せられた。

もう誰でもいいから、めちゃくちゃにして欲しい。そんなことを思っていたはずだ。

「うう」

この男は清潔感があるし、なんだか親しみが湧かなくもないし、遊び慣れている気配がする。都合がいいはずだ。それなのに、自分の身体は「やっぱり、竜ちゃんがいい。それ以外はやだ」と訴えて、まったくその気になれない。

しょうがないだろ。竜ちゃんとするのを楽しみに、お預けの人生を送ってきたんだから。

「だめ！」

むり。

どうしても、むり。

手を突っ張る。

「わーん、やっぱり、竜ちゃんじゃなくちゃやだ」

きゅっと、男の身体が硬くなった。それから、舌打ちの音がする。彼の身体が離れた。

「……こんなときに弟の名前を出されると、萎《な》えるんですけど」

悪いとは思うよ。でも、酔ってる俺を連れ込むほうもいけないだろ？

「ん？」

ちょっと待て。

「弟？」

マリオは、彼の顔をしげしげと見る。

どこかで会ったと、考えたはずだよ。受ける印象はまったく違うんだけど、目元とか、どことなく竜ちゃんに似ているのだ。

「はい、名刺。黒岩千春《ちはる》。竜吾の兄だよー」

名刺を手渡してきた彼は、とっても楽しそうだった。名刺を持っているマリオの両手を握ってゆさゆさと揺すってくる。

竜吾の兄だとわかっているので、いやではないが、まったく、色気というか、セクシュアルな気持ちにはなれなかった。彼は、上機嫌で饒舌だ。

竜吾とは、違う。

「ありがとう、ありがとう。いやあ、ほんとに別れてくれたんだね。兄弟二人仲良く金を集めようと思っていたのに、もう、竜吾のやつ、金を叩きつけてきてさ。うちの手伝いはしないって言うんだよね。恋人に胸を張れる自分でいたいとか、かっこつけちゃってさ。でも、きみと別れたなら、もう理由もないでしょ。これであいつもうちに帰ってくる気になったと思うよ。これ、手切れ金」

そう言って渡されたのは、封筒に入った札束らしきもの。ずっしりと重みがある。百万はあるだろうなとざっくりと計算する。けれど、マリオはそれを突き返した。

「いらないよ、こんなお金」

「おや、金が嫌いとは、珍しいね」

「好きだよ。ていうか、必要だよ。でも、もらういわれがない。俺、帰る！」

自分のモッズコートがご丁寧にハンガーに掛かっているのを見つけた。財布と携帯があることを確認する。

「短気だなあ。ちょっと待ってよ」

待つわけない。モッズコートに袖を通す。

「いいのかな。もうすぐ、竜吾がここに来るんだけど」

ぴたっと上着を着る手が止まった。竜ちゃんが来る？　今日までひたすら追いかけたのに、まったく相手にしてもらえなかった、その竜ちゃんが？

「竜ちゃん、ほんとに来るの？」

「うん。ぼくの計算に間違いがなければ、竜吾の、すごい顔が見られるよ。これ、送ったから」

千春は、自分の携帯を高く掲げた。そこには、マリオの寝ているところが写った画像があった。長袖Tシャツがまくれあがって、脇腹のほくろが見えている。

「いつの間に……」

「きみの飲み代とここの代金は、ぼく持ちだからね。いいでしょ、これくらい。既読がついたから、ここに来るまで、もう数分ってところだね」

そう、嬉しそうに彼は言う。

悪魔。この人は悪魔だ。

「それにしても、きみら、どうしたの。あいつ、引っ越しするだの、料理の練習をするだの、ドライブに行くだの、はしゃいでたのに」

そっか。はしゃいでたのか。

「俺のほうが知りたいですよ」
どうして、俺のことを捨てるのか。知りたいのはこっちだ。ぶーとマリオが口を尖らせた
そのときだった。
「マリオ！」
ドアを蹴破《けやぶ》る勢いで竜吾がやってきた。いつも、シャツをきれいに皺なく着こなしている
のに、今日はもう、くちゃくちゃだ。洗濯に出そうとしたものを、無理やり着てきたとしか
言いようがない。
「竜ちゃん、そのかっこう、寒くない？」
久しぶりに会えた嬉しさより何より、まずはそれが気になってしまった。
「ああ、やっぱり来たね」
千春がとても嬉しそうに言った。そう言ったときの千春は、顔の造作が竜吾とそっくりな
のにもかかわらず、なんともいたずらっ子みたいだった。
「千春……」
竜吾は肩で、荒い呼吸を繰り返している。それから、つかつかと千春に歩み寄ると、まっ
すぐに、たいへんにいい踏み込みで、その顔面にパンチを入れた。千春さんは、キョトンと
した顔をしていたけれど、次には大笑いをした。
この人、殴られて笑うとか。まじか。まじもんのM《エム》さんなのか。やべえ。弁護士って変わ

った人が多いって聞いてたけど、ほんとだな。やべえ。

「いやあ、おまえがぼくを殴るとか。これは高くつくからな」

「おまえ、よくもマリオを」

「なんもしてないよ。弟の思い人に手を出すほど、飢えてないから」

そう言うと、千春はとっととバスローブを脱いで着替える。

「じゃ、あとは若いお二人で」

見合いの仲人《なこうど》さんみたいなことを言うと、去って行った。あとには、竜吾とマリオだけが残る。

竜吾は、マリオの肩に手をやって、まじまじと確認してきた。

「大丈夫か。なにも、されてないか」

「うん、平気。ちょっと恐かったけど」

それより、俺、安心してる。竜ちゃん、まえの竜ちゃんだ。俺のことを愛してくれている、竜ちゃんだ。

いや、竜ちゃんは変わらない。ずっとずっと変わっていないんだ。それなのに、どうして、「別れる」なんて言うんだろう。

マリオには、それがわからない。

「なんであいつに、ついてきた……」

竜吾はそこまで言って黙り込む。

自分にそんなことを言う権利はないと気がついたらしい。マリオは、正直に答えた。

「竜ちゃんのお兄さんだなんて知らなかったんだよ。だれでもよかったんだ」

「馬鹿なことをするんじゃない。もっと自分のことを大切にしろ」

「竜ちゃんにだいじにされない俺のことは、大切に思えないよ」

ベッドに座り込んで、竜吾は頭を抱えている。

マリオは、竜吾の隣に座ると、足をぶらぶらさせた。

「竜ちゃんに愛されていない自分なんて、どうでもいいんだよ」

ばっと、竜吾はマリオのほうを見た。

「そんなことはない。俺はおまえをあい」

……している？

今、愛しているって言おうとした？　いつもの竜ちゃんみたいに？

ちく。

「痛い」

胸が痛い。思わず押さえてしまうくらいには。

「マリオ……？」

竜吾の顔色が変わった。彼が自分を抱きしめてきた。

「マリオ。マリオ」

何度も、名前を呼ばれる。

竜ちゃんの気持ちが伝わってくるよ。俺のことが大好きなんだよね。俺も、竜ちゃんのことが好きだよ。

なのに、どうして？　どうして、別れるなんて言うの？

「ちゃんと、話して」

竜吾はためらっていたが、ため息をついた。接しているところから、彼の呼吸の振動が伝わってくる。

「言っても、おまえは信じない。俺だって、まだ夢の中にいるような気分だ。もっとも、最悪な悪夢だけどな。早く覚めてくれと毎日、祈っている」

「それでも、話してもらわないと、わからないよ」

こんなに俺のことが好きなのに、どうして別れないといけないのか。

「俺、今のままじゃ、竜ちゃんのことを嫌いになることも、憎むことも、忘れることもできないよ」

「そうか。そうだな。おまえは、そういうやつだった。のほほんとしているくせに、感受性が鋭くて、赤ん坊みたいに敏感で」

「俺、赤ちゃんじゃないよ」

もうすっかりおとなで。竜吾との初めての夜を夢見てどきどきしていたのだ。マリオは頬をぷっと膨らます。

竜吾が噴き出す。そして、少し身体を離すと、マリオの頬を、優しくつまんできた。

「おまえは、ほんとに、可愛い……」

か、わ、い、い。

四文字が彼の口から出たとたんに、身体中の血管が針で刺されたみたいに痛んだ。心臓にも痛みが走る。

「う……」

なんだ、これ。やばい。やばいのがわかる。息が止まる。狭心症？

若いのに？

いやいや、若くたってなるときはなるけど。でも、このまえ竜ちゃんに言われて人間ドック受けたときには百点満点だったのに。いきなり？

「あ、ああ！　マリオ！　マリオ！」

なに、これ。なに、これ。

苦しいよ。助けて、竜ちゃん。

その気持ちが伝わったのか、竜吾がマリオのことを再び抱きしめてきた。強く、強く。

やがてゆっくりと、嘘のように痛みは引いていった。

「もう、平気」

マリオの言葉に、竜吾が返した。

「これが、答えなんだ。俺は、悪魔と契約したんだ。俺が愛を口にするたびに、おまえが苦痛を感じるんだ」

悪魔。

契約。

混乱が解決したと思ったら、また混乱が待っている。

「竜ちゃん、ちゃんと、話して」

マリオは彼の背中を優しく叩く。

竜吾は話し始めた。

「俺は、おまえとつきあうようになって浮かれていた」

言葉には、彼の想いが、愛情が滲《にじ》んでいる。そのせいだろう。ほんの少し、心臓が痛んだが、顔には出さないようにした。

せっかく、竜吾が話そうとしてくれているのだ。つらいと言ったら、彼は話を止《や》めてしまう。

それにしても、好きな人と、いやらしいホテルで二人きりだっていうのに、なんだ、この雰囲気。色気のかけらもない。

ちょっと残念だな、なんて思っている。

「車を借りて、二人で姫神湖《ひめがみこ》にドライブに行った。あそこは俺の思い出の場所で、おまえにも見て欲しかったんだ。だが、カーブで車がスリップして……――、おまえは……」

ぐっと、竜吾の言葉が詰まった。そのときのことを思い出しただけで、つらいらしかった。

「うん」

言って？

「冷たい湖から、おまえを引き上げて、俺は……俺は……」

きっと竜吾のことだから、この身体を抱きしめて、何度も名前を呼んだだろう。声が嗄《か》れるほどに。

「そこに、悪魔が現れたんだ。それで、契約を持ちかけてきた。『おまえの魂と引き換えにそいつを蘇《よみがえ》らせてやろう』と。マリオの命ほど、大切なものはない」

わかるよ。だって、今、俺、痛いもん。胸が痛くてたまらないもん。平気な顔、してるけどね。

「俺は、すぐに了解した。俺の魂なんて、持っていけばいいと思った。だが、やつが欲しがったのは、俺の魂の傷から流れる雫《しずく》、やついわく『ラクリマ』だった」

――あなたの魂は、彼への愛で満ち満ちています。だから、あなたには、彼への愛の言葉を禁じましょう。

――あなたが愛の言葉をささやけば、彼は痛みを感じます。苦しみ、命が削れます。

――つらいでしょう？　会わないなら、それはそれで苦しいでしょう？　寂しいでしょう？　最高です。そのたびに、あなたは魂の雫、『ラクリマ』をこぼすのです。週に一度、それを私は回収します。

「姫神湖に差し掛かる直前まで時間が巻き戻り、おまえは生き返った。俺たちは目的地には行かずに、そのまま帰った。そのときに別れていれば……あんなことにはならずに済んだのに……」

マリオは聞いた。

「何があったの？　教えて、竜ちゃん」

「俺が悪かったんだ。俺は、おまえと別れたくなかった。いっしょにいたかった。けれど俺はうかつで、おまえに愛を語らずにはいられなくて……おまえは『平気だよ』と言っていたが、あれは強がりだったんだ。とうとう……」

前の俺、マリオは、二度目の死を迎えた。

「それで、竜ちゃんはまた、願ったんだね。悪魔に」

「そうだ。俺が嘆き悲しむその場所に、あいつはまた現れた」

――しかたのない人ですね。好きなところに巻き戻してあげましょう。

「悪魔はそう言った」

「ずいぶんと、サービスのいい悪魔だね」

なんかさ、妙に優しくない？　竜ちゃんに惚れたとかじゃないよね？　いやだ。竜ちゃんは、俺のなんだから。

「俺は、マリオに思いを告げる前に戻りたかった。そうしたら、離れられると思った」

――わかりました。お望み通りに。

「今度こそ、おまえを苦しめまいと決心したのに。なのに、気持ちが抑えきれないんだ。おまえが気になってしまうんだ」

竜吾は苦笑した。

「こんな話、とても信じられないよな。いいんだ。それでも。俺だって、いまだに信じられないんだから」

竜吾はそう言うのだが、マリオは「うんうん」と腕組みしてうなずいている。納得だ。

「そうだったんだ。悪魔と契約したんだ。それで二度のタイムループをして、ここにいるんだ。だから俺を遠ざけようとしたんだね」

「マリオ……」

竜吾がなんとも言えないしょっぱい顔になっている。

「え、なに、その顔」

「おまえ、大丈夫か。『誰でもできる儲《もう》け話』とかにのってないか。願いが叶《かな》う壺とか買わされてないか」

マリオは、あきれた。自分のことをなんだと思っているのだろう。

「そんなわけ、ないでしょ。俺は竜ちゃんだから、信じたんだよ」

もし、竜吾以外から悪魔だの蘇るだのタイムループだの聞いたら、薄笑いで終わる。だが、竜吾が言うなら、話は別だ。竜吾がカラスが白かったと言えば、カラスが白かったのだし、槍《やり》が降ったと言ったなら、槍が降ったのだ。

それに。

「だって、いきなり俺に意地悪するとか、俺のこと嫌いになるとか、俺にあきたとかより、悪魔のせいだってほうがずっと納得するもん」

「おまえは……そういうやつだったな……」

しみじみと竜吾は言った。そして、マリオの頬をつまんだ。うっとりとその感触を味わう。

まったく痛くない。

はっと思い出す。マリオは竜吾の手を払った。こんなことでごまかされたり、しないんだからね。

「そうだよ。あの人、だれ？　浮気は許さないんだからね！」

竜吾はキョトンとした。ふざけているようにも、ごまかしているようにも見えない。

「あの人？　浮気？　なんのことだ？」

「虎ノ門で俺、今日見張ってたんだから。一昔前のホストみたいな人だよ。いい加減な言い訳じゃ、許さないんだからね」

「見たのか」

竜吾が真剣な面持《おもも》ちで言った。ストーカーみたいで、自分でも気が引ける。だけど、しょうがないのだ。

「うー。だって、竜ちゃん、ぜんぜんメッセ返してくれないし、電話はブロックされてるし、直接会いに行くしかないじゃない」

竜吾が、言い直した。

「『見えた』のか」

「そりゃあ、あんな竜ちゃんの近くにいたら、いやでも目に入るよ」

マリオの目を竜吾が覗き込む。今日、カフェで知らない男にされたみたいに。

え、なに？　なに？

「あのな、マリオ」

竜吾が一語一語区切って、しっかりと言った。

「あれが、悪魔だ」

「悪魔……」

あの、花柄スーツの男が？　ひょろっとしたやつが？

「あれが？　どう見ても、ホストにしか見えないんですけど」

「ほんとうだ」

「だって、ちゅーしてたじゃん」

「ちゅーとか、かわいいな」という顔をした竜吾に、また、ほっぺたをつままれる。

「あれは、そんないいもんじゃない。俺がしたいのは、マリオとだけだ」

信じるよ。痛いから。

「あれは、魂の雫、ラクリマの回収をしてたんだ」

回収がちゅー。大好きな竜ちゃんのキスを悪魔が。

「なんて……おぞましい……」

「まったくだ」

竜吾は、立ち上がった。

「わかっただろ。おまえといられない、その理由が」

「わかったけど、でも、いやだ」

「マリオ」

竜ちゃんは俺のことが好き。そして俺は竜ちゃんと別れたくない。だったら、どうしたらいいんだ。

考えろ、考えるんだ。悪魔との契約内容を考えるんだ。そして、今日まであったことを振り返るんだ。

そう、さっき、ほっぺたをつまれたときには、痛くなかったじゃないか。

「ようは、言わなきゃいいんだ」

そうだ、現代の文明の利器を使うんだ。

マリオは、竜吾にねだった。

「携帯でメッセージちょうだい。俺のこと『好き』って。きっと、大丈夫」

「だけど」

竜吾はためらっている。

「んじゃ、ゆるめのやつでいいから」

竜吾はじっと考えていたが、『今日のマリオの服は、中世の絵みたいだ』と送ってきた。

そして、そこに添付してある絵を見て笑ってしまった。色合いといい、たしかに似ている。

『ねえ、竜ちゃん。それって、褒めてる？』

『あたりまえだ。いつだって、おまえは』

そこで、メッセージはとぎれる。

『おまえは……なに？』

『いつだって、おまえは、可愛い』

それは、自分のところに着信した。自分の携帯端末と、そして、心に。

じーんと震えた。竜吾がおそるおそる聞いてくる。

「なんともないか？」

「うん、ちくちくしない」

マリオ、飛び上がる。ベッドで何度もジャンプをした。嬉しくて、ポップコーンみたいに跳ねないわけにはいかなかった。

「やった、やったね、竜ちゃん」

竜吾は、必死に自分の携帯をいじっている。ものすごい勢いで、『好きだ』『愛している』『可愛い』『抱きしめたい』と矢継ぎ早にメッセージが来る。

「もう、竜ちゃんってば。あふれちゃうよ」

メッセージアプリの容量と、自分の気持ちが。あふれてしまう。

「だから、別れるなんて、言わないでよ。俺、竜ちゃんなしの人生なんて、考えられないよ」

『俺もだ。だが、おまえを危険にさらすわけにはいかない』

「そしたらさ、これは？」

マリオはベッドに膝を突いた。うわー、特別なことのはずなのに、こんな流れでいたそうとしている。違うもん。これは、実験だもん。

二人は、キスをした。痛くない。

言葉は禁じられていても、ほかの方法がある。だったら、どんとこい。

竜吾が、じっとマリオを見つめた。指が頬に、それから耳に、回る。くすぐったい。

「ふふっ」

また、唇が重なる。

『まずい。夢中になってなんか変なことを口走りそうだ』

そうメッセージが来た。

「ふさいでれば、いいんだよ」

我ながら、名案だ。

「なるほど」

そう言う彼の口を自分の唇でふさぐ。

そして、自分たちのつきあいはまた始まったのだった。

藤枝家。マリオの家の朝である。

広々としたダイニングのテーブルで、藤枝夫妻が朝食をとっている。パンにサラダ、コーンスープ。

父親は難しい顔で新聞を読んでいたが、ぼそりと言った。

「真理夫は、ゆうべ、帰ってきたのか」

母親は優雅にパンにジャムをのせつつ、答えた。

「夜遅く、黒岩さんに送ってきてもらったようですよ」

「別れたんじゃないのか」

「よりが戻ったようですね」

父親は無言になる。母親は言った。

「あの子ももう、いい歳《とし》ですよ。顔立ちが幼いから忘れているけれど、二十六です。誰を選んでも、たとえ、つまずいても、本人の責任です。口出しすることはできません」

「おまえ、気にならないのか」

「なにがですか」

父親は新聞を置いた。彼の額には皺が寄っている。

「あ、あいつの……相手が……よりによって、お、お、お、男」

「そうですね。でも、あなた、おっしゃっていたではないですか。竜吾さんほど信頼できる人はいないって」

「それは、そうだが……それは……家庭教師としてであって……」

「だいたい、あなたが連れてきた方でしょう」

母親は、「あら」と飾り棚の花瓶に生けてある椿《つばき》を見た。立ち上がると手に取り、ちょっと長いわねと枝をばっきり折る。父親はその様子になにか怒っているのかとびびっていた。

「竜吾さんは、いい方ですよ。何度も挨拶に来てくださったのに、あなたったら、けんもほろろで」

「あいつは……男だぞ……」

「まあ、女性には見えませんね」

「いいのか、孫は望めないんだぞ」

「あら」

すうっと、妻の目が細くなる。

「結婚してから十年、子供ができなかった私のことを、そのように考えていらっしゃったんですね、あなたは。よーく覚えておきますわ」

やばい。父親は首をすくめる。

「あいつには、立派な人間になって欲しかったんだ」

「音楽のなにがいけないのかしら。それで、食べていけるなんて、素晴らしいことでしょう。

私も、真理夫さんの曲を聴きましたけど、浮き浮きしましたわ。また、恋をしたくなりました」

「恋を？」

「ええ」

やばい。妻はあいかわらず美しい。微笑んでいるが、トゲがある。

「すみませんでした」

「あらあら。あなた。なにを謝っていらっしゃるのかしら」

すっと手を伸ばしてくる。

「ひい！」

妻が自分をぶったことなどないのに、顔をかばってしまった。

「あなた。スープのおかわりはいかが？」

「お、お願いします……」

父親は頭を下げた。

次の土曜日のこと。

マリオはスーツケース持参で竜吾のマンションにお邪魔していた。ファミリーで使うことが前提の3LDKだ。そのうちの一室は自分の部屋だとマリオは決めてかかっている。

「わあ、広い。日当たりいいんだね。目の前が隅田川《すみだがわ》だー」

マリオははしゃいでいる。

「あ、トイレ。俺の好きなトイレットペーパーなんだね。それから、ティッシュの銘柄もだ」

「ほかに、欲しいものがあったら言ってくれ。おいおい、整えるから」

マリオは一通りの探索が済むと、リビングに帰ってきた。すねてみせる。

「竜ちゃん、俺のこと、今まで部屋に呼んでくれないんだもん」

「あたりまえだ。前に住んでいたアパートは、畳が腐りかけていて、いまどき風呂もないんだぞ」

金を貯《た》めるために、そんなところに住んでいたとは。

「じゃあ、お風呂はどうしてたの。ずっと入らなかったの」

そんな不潔な竜ちゃん、やだ！　その割には清潔感にあふれていたけど。

竜吾はあきれた顔をした。

「そんなわけないだろう。事務所が福利厚生でジムと契約していたからな。そこのシャワーを使わせてもらっていた」

実家にお金を返すために一生懸命だったんだよね。俺のために。

それを改めてつくづくと知ったのは、千春さん経由だったけど。

あれ？　ということは、千春さん、けっこういい人……？

「３ＬＤＫ。けっこう広いね。俺と竜ちゃんの寝室で、もう一部屋は荷物置き場？」

「一部屋は防音室にするつもりだ。仕事もここでできるように。気に入ったか？」

うわあ。竜ちゃんの思いやりがめちゃくちゃしみるよ。

「うん。なにからなにまで気に入ったよ。ありがとう、竜ちゃん」

『どういたしまして。マリオが喜んでくれるなら、こんなことくらいなんでもないよ』というメッセージとともに、とっても可愛い猫のスタンプが送られてきた。竜吾は練習したらしく、メッセージを送る速度が増している。それもすべて、自分のためだと思うと、愛されているなあ、俺、なんて、顔がにやけてしまったりする。

『直接話せないのは、もどかしいな』

そうメッセージが来たので、マリオは思わず、竜吾に抱きついた。

「そんな顔しないでよ。俺、竜ちゃんの顔を見たら、なにを考えているのか、だいたいわかるんだから。竜ちゃんからは、俺への愛があふれているんだもん。だから、平気」

竜吾は笑って、マリオの顔をつまむ。

「俺のほっぺが赤ちゃんみたいだって言いたいんでしょ」

彼がうなずく。

ほんとは、もちろん、口にして言って欲しいけど。そうしてくれたら、すごくうっとりしちゃうだろうけど。

悪魔のばかばか。なんで、そんな取り引きを持ちかけたんだよ。

いや、待てよ。もしそれがなかったら、俺は死んだままだったわけで、感謝するべきなのか？　そうは思うのだが、当然ながら、まったくもって感謝の念など湧いてこない。それは、いったいなんでなのだろうか。自分でも、よくわからない気分だ。

「んー？」

でも、なんか、引っかかるんだよなー。

悶々《もんもん》と考えているマリオの小さな鼻が、ひくひくとうごめいた。

「ん、ん、ん？」

なんだか、いい匂いがしている。香ばしいバターの匂いだ。いつの間にか、竜吾がキッチンに立って、フライパンを手にしていた。

「え、なに？　なになに？」

やがて竜吾がダイニングテーブルに皿を運んできた。きつね色に焼けたフレンチトースト。ママレードが添えられていて、雪みたいに粉砂糖がかかっている。

「マリオ。おやつにしよう」

「すごい……」

大柄な竜吾なのに、できあがったフレンチトーストは繊細そのもの。形よく、焦げ目も完璧だ。それは、彼がこのフレンチトーストをきっと、何度も何度も作ってくれたことを意味している。自分のことを喜ばせるためだけに。

俺って、愛されてる！

そう思うと、マリオは胸がいっぱいになる。そして、己の世界が安定する心地がする。

『昨日から、卵液に浸しておいたんだ。好きだろう、おまえ』

「大好き！」

前からフレンチトーストは好きだったのだが、今、自分の大大大好物になった。

一口食べると、ほんの少しだけほろ苦いママレードが、バターと卵の香りと一体となって口の中に広がる。

「おいしーい！」

掛け値なしにおいしいフレンチトーストだった。

竜吾から猫が「ぐっ！」と親指を立てているメッセージスタンプが送られてきて、マリオは笑う。

「竜ちゃんの味がするー」

微笑む竜吾。

『ゆっくり食べろよ。リスみたいにほっぺが膨らんでるぞ』

竜吾は甘いのがそこまで得意ではない。同じフレンチトースト系でも、ハムとチーズでクロックムッシュウにしている。

「竜ちゃんのそれも、おいしそう。ちょっとだけ、交換こしよ？」

竜吾が皿を押しやったので、マリオは手を伸ばした。自分の皿を竜吾のほうにやる。

クロックムッシュウを食べて、マリオはご機嫌だ。

「おー、しょっぱいのをはさむと、甘いのをまた食べたくなるね」

そう言って、またフレンチトーストを食べて、「新鮮なおいしさ！　舌が喜んでいる感じ。ハミングしたくなる。ていうか、してる」とご満悦だ。

「俺ができる料理はこれになる。食べたいものがあったら、所望してくれ」

そう言って、竜吾は一枚の紙をくれた。そこには、ずらりとメニューが書いてある。しかも、ちゃんと和紙に筆書きなので、料亭の本日のお品書きみたいだ。

「すごーい。でも、竜ちゃん、忙しいでしょ。ふだんの日は、俺が作るよ」

そう言うと、竜吾が珍しく怯《おび》えた表情になった。

「おまえがか？」

「失礼なことを考えたでしょ」

『いや、そんなことはないぞ。とても、楽しみにしている』とメッセージを送りつつも、竜吾の顔が引きつっている。

彼がマリオの家事能力を疑っていることぐらい、お見通しだ。

まあ、やったことは、ほとんどない。母親は専業主婦だし、父親は「男子厨房に入るべからず」という古い価値観の持ち主だし、マリオは面倒なことはしたくないずぼらな性格だ。

「竜ちゃんは家事ができるんだね」

「一人暮らしが長かったからな。得意なのはアイロンがけだ」

「わかるー。竜ちゃん、皺の一本も許さないって感じ」

「おまえもかけて欲しいものがあったら、言えよ」

「んー」

真剣にマリオは考えていたが、首を振った。

「俺、ないや。いっつもたらっとしている服か、じゃなかったら、ちゃんとクリーニングに出さないといけないものばっかりなんだもん」

「そうか」

「あ、そうそう。竜ちゃん、見てくれる?」

ふふふ。恥ずかしいけど、でも、今日は！　いいよね。俺たち、なんて言ったって、恋人同士！　なんだから。

うー。でも、竜ちゃんにあきれられちゃうかな。だけど、竜ちゃんはきっと俺がなにをやっても受けとめてくれる。そう信じてる。

マリオはスーツケースからバニーのコスプレ衣装を取り出した。頭にピンクの耳をつけて、胸とお尻をほわほわの布で包む。そっと、その姿でダイニングに行くと、それを見た竜吾は、食べていたクロックムッシュウを盛大に喉に詰まらせた。

「マリオ……、おまえ……っ」

「配信でコスのリクエストしたらさ。バニーがトップだったんだよ。ないよな。こんなの」

なんて言うけれど、もちろん、似合っているのは自覚している。

「だめだ！　おまえ、それは可愛すぎる」

チクッとするけど、がまんする。だって、これは、愛情だから。愛の刃《やいば》、恋情の針だから。

嬉しいんだもん。うっとりしちゃうんだもん。

俺、危ないな。

「ほんと？」

竜吾が自分がマリオを傷つけていることにはっと気がついて、メッセージアプリに切り替える。

『とてもよく似合っているが、ほかのやつに見せるには露出が多いだろう』

「そんなこと言ったって、ボク、男の子だよ？」と言って、マリオはしなを作る。そういうしぐさがキュートと知ってのことだ。

『俺は、心が狭いんだ』

そのメッセージにふふっとマリオは、笑った。マリオのことを独占したいと思ってくれている竜ちゃんは、最高だ。

「心が狭いんだったら、しょうがない。でもさ、竜ちゃん」

マリオ、おずおずと言ってみる。

「りゅ、竜ちゃんなら、めくっても、いいよ？」

うわあ、言っちゃった。あきれるかな。照れるかな。なにも反応がないので、彼のほうを見ると、動作が止まっている。

「これ、どういう反応？」

「あのな。マリオ」

竜吾はマリオを差しまねいた。近寄っていくと、竜吾は座ったままマリオの肩に両手をやって、ゆっくり、発音する。

「そういうことは、できそうもない」

できそうもない。できそうもない。できそうもない。

限りなくエコーしていく。

そういうこと＝えっちだよね？

えっちできない？

どういうこと？　どうして？

「俺、魅力がない……？」

竜ちゃんの好みはばいんばいんむちむちの女性で、自分なんてお呼びじゃないのだろうか？　そういえば、可愛いと言われたことは千度あるが、セクシーとかぐっとくると言われたことはない。

「そんなんじゃない。おまえは、魅力的だ」

言ってから、あわてて自分の口を押さえる竜吾。

ちくちく。痛いから、本気だってわかるけど。わかるけど。それって、性的な対象にはならないんじゃ。

メッセージが飛んでくる。

『好きだ。可愛い。抱きたい。いつだって思っている』

だが。だから。

「自信がないんだ」

「勃《た》たないかもってこと？」

そう言って、マリオは竜吾を見据えたまま、手を縦にシュッシュッと動かしてみせる。

竜吾がなんともいえない顔をした。

「マリオ、その手つきはやめなさい」

「そしたら、俺、がんばる。すごく、がんばるよ」

「そうじゃない。おまえとできることは、俺が一番よくわかっている」

「なんで、そう言い切れるんだよ？　今の言い方だと、まるでいたしたことがあったみたいじゃないか」

竜吾が目をそらした。

「あれ？」

このまえの夜、きっと竜吾は自分に告白してくれたよね。そしたら、お泊まりコースだったよね。

そうしたら、夜見た夢みたいに、自分と竜吾は……。

前回のバー「ボタン」→お泊まり→初夜→おつきあい→ドライブ→タイムループ→今回のバー「ボタン」→別れ話→そして仲直りして、今。

時間の流れを把握したマリオは愕然《がくぜん》とする。

「竜ちゃん！　竜ちゃんは、俺としたこと、あるんだね？」

「マリオ、落ち着け」

「落ち着けないよ。そんな。そんな、ずるいこと」

覚えていない。タイムループ前の俺は、竜ちゃんといたしたんだ。愛してもらっていたんだ。

「うらやましいー！」

「そんなことを言われても、あれもマリオ、おまえなんだぞ」

「わかってるけど、うらやましいー！」

だーっと、マリオは椅子に座っている竜吾にのしかかっていく。椅子ごと、竜吾は倒れた。

「とにかく。今の俺は、まだ未熟で……おまえとそういうことをしたら、おまえが苦しむことを口走ってしまうかもしれない。だから、できないんだ。わかってくれ」

「うう……いいのに……」

いいのにな。そう、思ってしまった。竜ちゃんに思い切り愛されるのだったら、この身をさいなんでも、かまわないのにな。

そういう考えって危険なのかな。

竜吾は立ち上がる。

「ああ、そうだ。ちょっと仕事をしないといけなかった」

「もう、竜ちゃん！　逃げるの？」

洗濯物を取り込みつつ、マリオは気を落ち着ける。

「うん、まあ。ちゅーはしたんだし、これからだよね」

洗濯物を畳むのがマリオは好きだ。お日様の力が洗濯物に染みこんでいる。くんくんと匂いをかぐ。

目を閉じて、自分の中にも太陽を染みこませる。

「あー、いい匂い」

そして、マリオは竜吾の匂いも大好きだ。体臭が強いわけではないのだが彼から薫《かお》る、わずかな汗の匂いを感じると、きゅんきゅんするほど、歓喜に包まれる。自分に尻尾《しっぽ》があったら、ぜったいにぶんぶんと振り回している。

洗濯しても、わずか。ほんのわずかは、竜吾の匂いが残っている気がする。

「洗濯物の、うたー」

マリオは勝手に曲を作り始める。

――洗濯物がふわふわになる、お日様の匂いだ、嬉しいなー。楽しいなー。洗濯物も喜んでいるみたい。洗ってくれてありがとう。どういたしまして。

「ぷ、くくく」

部屋の隅から、声がした。

見ると、竜吾がお腹を押さえて声を殺して笑っている。

「え、竜ちゃん、いつからそこにいたの？　俺のこと、見てた？　もしかして、歌を聴いてた？　仕事してたんじゃないの？」

「一区切りついたんだよ。いいものが聴けた」

「もう、ばかばかあ。恥ずかしいじゃないか。知ってたら、歌わなかったのに」

竜吾のところに行くと、マリオはぽすぽすと彼の胸を叩く。歌を聴かせることを生業《なりわい》にしているマリオだったが、思いがけなく聴かれると、羞恥《しゅうち》が先に立ってしまう。自分から聴かせるのだったら、なんとも思わないのに。不思議な話である。

「ごめんな。でも、マリオの歌は楽しいからな。いつでも大歓迎だ」

そう言って、マリオの頭を撫でてくれる。ちくちくするー。うー、嬉しい。でも、恥ずかしい。ちょっと痛いー。

「変なところを見せちゃった」

「マリオに変なところなんて、ないぞ」

あいたた。でも、我慢する。嬉しいから。

「ふふん」

彼に抱きつく。マリオがめいっぱい腕を回してやっとの胸回り。たくましい体つきをしている。

「あ……」

ふわんといい匂いがして、マリオは自分の中心があったかいバターみたいにとろんと溶けていくのを感じた。

「どうした？」

心配そうに竜吾が聞いてくる。

「竜ちゃんの匂いだあって思っただけ」

「悪い。汗を掻いていたか？」

「そういうんじゃないよ。すごく、好きな匂い。世界で一番、好きかも」

「世界で一番か」

「うん」

竜吾が、マリオの髪に鼻を埋める。彼の呼吸が猫っ毛の髪の隙間からマリオにつたわってくる。

メッセージが来た。

『俺も、おまえの匂いが好きだ』

「くわーっ！」

マリオはうめく。これ、直接言ってもらったら、耳が、嬉しがるだろうなあ。……なんてね。がまん、がまん。

「じゃあ、そろそろおまえは帰れ。送っていこう」

マリオは愕然とする。スーツケースの中には、もちろんお泊まりセットが入っているのに。

「なんでー？　泊まっちゃ、だめ？」

「俺の理性がグズグズになる。なにを口走るか、わからないぞ」

思わず、すねる。

「悪魔とは、ちゅーするくせに」

竜吾は嫌悪に満ちた顔をした。

「あれは、そんなんじゃない。あれじゃないと、ケツの穴を吸うって言われたから、しかたなくだ」

あのねちっこい声の、ファッションセンス最悪の悪魔が、愛する竜吾のきゅっと引き締まった尻に顔をうずめているところを、マリオは想像してしまった。

なんて、おぞましい！

ぶるっと身体が震えた。

「それは……いやだね」

「いやだ」

その幻影を払拭《ふっしょく》するように、二人はキスをする。

マリオは竜吾に言った。

「これが、キスだよ」

「ああ、そうだ。これが、キスだな」

互いがとっても近くなる。なんなら、もうちょっと、強く吸ったら、混じり合いそう。これが、キス。
もう一度、さらにもう一度。
言葉では言えなくても、身体で伝え合う。大好きだよと。

帰宅したマリオは、自分の部屋で悶々としていた。壁からは、貼ってある竜吾の写真が微笑みかけてくる。

「うー、なに、これ」

本人には言えなかったが、竜吾の匂いをかぐと、疼《うず》くのだ。

非常に、ムラムラするのだ。

「竜ちゃんといっしょにいるのにできないから、だから、溜《た》まっているのかなあ」

目を閉じると、竜吾の裸体が、浮かんでくる。

ああ、俺のえっち。なんで、こんなに、鮮明にわかるんだろう。竜吾はだいたい、夏でもシャツをきっちり着込んでいるし、最近ではスーツとかで、そんな素肌なんて見たことないのに、なんでこんなに詳細に想像しちゃうんだろう。指の使い方とか。その指の節がどういうふうにペニスの段にあたるかとか。指の腹で優しく撫でられて胸の先がきゅんと硬くなっていくその感触とか。

「ううう、これは……たまらないな」

自分の中心が熱くなっている。そこに指を這《は》わせる。どんどん熱が高まり、その熱で距離が溶けるみたいに竜吾を感じてしまう。すぐ近くにいるみたい。

ささやく言葉が耳を震わす。

——愛してる、マリオ。

「あ……」

おかしいくらいにリアルだ。

ああ、もう。してくれてもいいのに。

痛くても、それでも、いい。愛してもらっているせいなのを、知っているから。

うっとりしながら、マリオは自分のペニスをこする。達するときに自分の妄想の中の竜吾の吐息が耳をかすめて、自分で彼が高まっているのを感じられて、たいそうに嬉しかった。

終わってティッシュで手を拭いているときに、ふっと、マリオは気がついてしまった。

「これって、もしかして、タイムループ前の俺の記憶なのかな。ちょっと残っているのかな」

つぶやくと、自分の中でなにかがさざ波を立てたような気がした。

「ち、違うもん！　もう、竜ちゃんは俺のだもん！」

しかも、やつめは竜吾から愛されている。

だのに、それは、自分であったりする。

なに、そのややこしいやつ。

「俺のだから。俺のだからね！」

自分の中の「前のマリオ」に向かって、宣言するのだが、虚《むな》しい。

「ああ、早く悪魔と竜ちゃんを離れさせないと！　そいで、俺の竜ちゃんを取り戻すんだ！」

そう、マリオは決心したのだった。

「ちーっす、マリオ」

「お久しぶり、ヒロくん」

都内の貸しスタジオで編曲担当のヒロと会う。ヒロは身なりに気を遣わない、ぶっきらぼうな、そのくせ器用で細やかな男だった。大学が一緒で、向こうはマリオの曲と歌声を気に入り、マリオもヒロの編曲とドラムのセンスを買っていて、そして、なによりも、話の合う相手だった。

今日は新曲の打ち合わせだ。マリオは曲を主に配信するのだが、今日のこれはアニメのエンディングに採用される予定なのだ。

編曲を確認して、指示を出す。

「ヒロくん。おおまかにはいいけど、もうちょっと、サビの前、雨に濡《ぬ》れた子猫っぽくできる？」

ヒロはすかさず返してきた。

「何色の猫？」

「灰色と黒。足の先は白」

「りょーかい！」

修正されたアレンジは、まさしく雨に濡れた灰色と黒の子猫っぽくて、「うんうん、最高！」とマリオはご機嫌になる。

どうしてそれで会話が成立するんだって、よく言われたものだった。だけど、こうとしか表現できない。ギターを奏でていると、ヒロがドラムを止めた。こちらを見て、聞いてくる。

「どうした？　珍しく、音が湿ってる」

悩んではいる。悩みきっている。

「俺に話せないことなら、いいけど」

「話せるよ。ぜんぜん、話せるけど」

そういう次元じゃない気がする。ああ、そうか。自分とヒロの会話とか、曲を作るときの感じとか。「理解できない」ってよく言われたけど、こんな感じか。

わかってもらえる気がしない。

「あのさ。ヒロくんは、悪魔っていると思う？」

おずおずと聞いてみた。

「はあ？　いるわけないだろ」

彼が、険しい顔をしている。

「だよね。そうだよね」

わかるよ。自分だって、つい最近まではそうだったんだから。

言えないよね。

「自分が死んじゃったから、彼氏が悪魔と契約しちゃって、タイムループもして、呪いみたいに、自分への愛の言葉が苦痛に変換される」って。どう考えても、引かれるよね。自分だって、竜吾という人間を知らなければ、あんなにたやすく信じなかったし。

「なんだ、オカルトにでもかぶれたか？　次の配信でのコスチュームは十字架に黒い服か？」

「んなわけないでしょ。それに、そういうの、俺には似合わないもん」

むしろ、ヒロくんに似合うと思うな。

「まったく、芥川《あくたがわ》のおっさんじゃあるまいし」

「芥川のおっさんって、誰？」

「うちの遠縁だ。悪魔祓《ばら》いやってる」

「ふーん」

相槌《あいづち》を打ってから、マリオは思わず、ギターを一音高く鳴らしてしまった。

「え、なんだって？　ヒロくん、なんて言った？」

「だから、悪魔祓いやってるって。うち、実家が寺なんだけど、遠縁のおっさんが、悪魔が見えるって言い出して、お祓い始めたんだよ。もう何年も、会ってないけど」

「わー、俺が知らないだけで、悪魔ってメジャーなんだな……」

ん？

ちょっと待て。悪魔祓い？

それって、エクソシストみたいなやつだよね。あの、薔薇柄のスーツを着たホストみたいな悪魔を、もしかしてもしかしたら、どうにかできるかも？

竜ちゃんにとりついている悪魔を退治できるかも？

「ヒロくん、その人の連絡先、教えて！」

スタジオから出てきたマリオはハイテンションだった。スキップしそうに足取りが軽い。

竜ちゃん、光明が見えてきたかもしれない。

悪魔を祓うことができるかもしれない。

『今から行くから』

メッセージを入れたが、返事はなかった。

「まだ、仕事なのかな？」

でも、とにかくマンションまで行ってみよう。マリオはそう決心して、歩き出した。

その先で、なにが待っているのか、知りもしないで。

合鍵を渡されていたマリオは、竜吾の部屋の玄関をあけた。玄関には竜吾の靴がある。自分の靴とはまったく違う大きさだ。

「竜ちゃん、いるんじゃない。メッセの返事くらい、してくれてもいいのに」

ぶつぶつとそんなことを言いながら、マリオは玄関を上がった。短い廊下の先には広いリビングダイニングがある。

少し前に竜吾がフレンチトーストを作ってふるまってくれた場所だ。ドアをあけようとして、マリオは手を止めた。

人の声がしたからだ。スピーカーなどではない。そこに、誰か、いる。

「そう、いやがらないでください。嬉しくなってしまうではないですか」

この声。聞き覚えがあるよ。悪魔だ。ねちっこい声。間違いない。

「いいから、早くしろ」

「たっぷり、溜めてきましたか？　うーん？」

やだやだ。どう考えても、竜ちゃんが襲われているみたいじゃないか。躍り込んで、ホウキでもモップでも、長いものを振り回して、撃退したい。でも、契約者は竜ちゃんで、自分じゃない。我慢しないと。

ずちゅっ、ずちゅっという、粘《ねば》くしたたる音がした。じゅるるるという音。

いやあああ！　俺の、俺の竜ちゃんが、穢《けが》される！

「量が少ないですね。だが、味は極上です」

もう、我慢できない。

「なにすんだよ！　俺の竜ちゃんに！」

ドアを思い切りあけた。そこには案の定、悪魔がいた。明るい電灯の光の下で、そいつをまじまじと見る。

細い。鼻先が尖っている。かなり特徴がある顔のはずだ。そうにもかかわらず、目をそらしてしまえば、彼がどんな顔をしていたか、思い出せる気がしない。

虚無だ。虚無顔だ。

その虚無顔がこちらを見て笑った。決して気分のいい笑い顔ではない。にたりとした笑い。声だけではなく、笑い顔までねちっこい。

「おやおや。まだ、楽しくつきあっていたのですね。どうりで回収量が少ないと思いました」

そのときに、ダイニングテーブルの上に置かれた、竜吾の携帯が振動した。マリオの送ったメッセージが遅延して届いたのだ。

その携帯を、つんつんと悪魔がつついた。やめろ！　竜ちゃんの携帯なのに。

「はーん？　こんなものをやっていたのですね」

悪魔の世界には、どうやらこのメッセージアプリはなかったらしい。

「わかりました。次からは、こうしましょう。あなたの恋人があなたの愛を感じるたびに苦痛を与えます。もちろん、このアプリとやらのぶんも入れます」

竜ちゃんの愛を感じるたびに……？

言葉だけではなく、仕種《しぐさ》で、視線で、表情で、伝えるだけでも苦しくなるなんて。そんなの、だめだ。だって、竜ちゃんは、俺への愛であふれているんだから。

すべてが、俺への愛情で、いっぱいなんだから。

雷に打たれたような衝撃を受け、竜吾とマリオは動作を止めている。

先に動いたのは、マリオだった。悪魔を指さして、声高に抗議する。

「おまえ！　なんで、俺たちに、そんなひどいことをするんだよ！」

悪魔は心外だという表情を見せた。そういうふうに見せかけているだけかもしれない。これは仮面で、素早くかぶり直している。そんな気がする。内容なんて、ない。

悪魔は言った。

「いえいえ。私は、優しいでしょう？　あなたの命を助けたんですからね。間違えないで下さい。私ではない。これは、この人が望んだことなんです」

竜吾が吐き捨てるように言った。

「もう、いい。たくさんだ」

「まだまだですよ。そうですね、くれぐれも、また、愛しすぎて殺したりはしないでくださいよ。時間を巻き戻すのも、たいへんなんですからね」

悪魔は、すうっと消えた。そうすると、今まで見ていたあの悪魔の顔が、マリオには思い出せなくなってしまっていたのだった。

「なんだったの。なんだったのー！」

ナメクジをさわってしまったときみたいな、生理的な嫌悪感で、マリオは総毛立つ。あんなのと竜ちゃんがキスするなんて、やだやだ。俺の竜ちゃんが！

竜吾は、ソファに座り込んでいた。

「竜ちゃん……」

「マリオ。なんでここに？」

咎《とが》めるでもなく、ただ、疲れ果てているかのようだった。

「あのね、ヒロくんが、悪魔祓いの人の連絡先をくれて……。それで……」

竜吾が手を差し伸べている。マリオは、その手を握りしめた。

竜吾は言った。

「別れてくれ」

「それは、できないよ」

「頼む。俺は、一度ならず、二度もおまえを死なせているんだ。これ以上は、もう、……」

——愛しすぎて殺したりはしないでくださいよ。

「前のマリオは……おまえは……、笑っていた。そんなこと、あるはずないって。俺は、そうだよなって。おまえは、苦しいのを隠していた。俺は知らずに、愛しさのあまり、降らせるようにおまえに、愛の言葉を注いで……。とうとう、その心臓を止めてしまった」

悲しいとか、ばかなとか、そんなことよりも、感じているのは、うらやましい、自分もそうだったらよかったのにってことだ。

痛くて、苦しくて、死んじゃうくらいに愛されるのって、いったい、どんな気持ちだろうか。ぐるぐるする。これをきっと嫉妬《しっと》っていうんだ。それは、自分相手なのに。

「俺にも言ってくれていいよ。言って。たくさん、愛の言葉を。そして、抱きしめてよ。俺だって、そういうの、欲しいよ」

竜吾が首を振る。

「俺はもう、おまえを失えない」

ちくん。痛みが走る。嬉しい。だけど、もっと、もっとだ。

「なんでだよ。前の俺のことは愛してくれたのに」

なんかもう、めちゃくちゃなことを言っている。でも、前の自分のことをこんなに思っている竜吾はいやだ。今の自分を見て欲しい。

「竜ちゃん。俺だって、できるよ。耐えられるよ」

「だめだ。おまえの命にかかわることなんだぞ」

「竜ちゃんの愛の言葉で死ねるなら、本望だよ」

「そんなことを二度と言うな！」

竜吾は大声で怒鳴った。恐い顔をしていた。

「おまえと、ここに住んでいたんだ。おまえと暮らせることに、俺は浮かれていた。帰ってきたらおまえがいて、わけのわからない鼻歌を聴かせてくれて、笑っていて、たまにしかめっつらで曲を作っていて、部屋に『配信中』の札があったら、静かにしていた。そのひとつひとつが楽しかった。おまえへの気持ちが、ちょっとずつ、おまえを痛めつけていたのに」

なんだよ。俺とは、そんなことしてないじゃん。

ここに住まわせてもくれないし、愛の言葉もくれないし、抱いてもくれないじゃん。

うらやましい。

そんなに、口元を少し緩ませて、その人のこと、語らないでよ。愛しそうにしないでよ。

竜吾の一番は、自分だと思っていた。でも、今は、自信がない。

前の自分のほうが好きなんじゃないだろうか。だって、そうだろう。竜ちゃんのために、苦痛をがまんして、愛されることを選んだんだもの。

それは、今の俺じゃない。

「マリオ。俺は、おまえを幸せにしたい。おまえが笑っていると嬉しい。だけど、俺がいると、おまえは苦しむ」

「俺、大丈夫だよ」

「前のおまえも、そうだった。苦しいのも痛いのも、我慢していた。俺は、そんな、おまえに甘えてばっかりだった」

竜吾の手が、マリオの頬にふれる。いつものようにつまれるのかと思ったのに、優しく撫でていくだけ。

それだけでも、痛む。

彼の手が離れたときに、マリオは頬をさわって確かめた。そこにミミズ腫《ば》れがあるのかと思ったくらいに痛んでいる。

竜吾は言った。

「今回、時間が戻ったときに、ちゃんと別れなくちゃいけなかった。俺は、おまえとこうなるべきじゃなかった」

そんなん、一番、聞きたくない言葉だ。

俺、捨てられるんだ。竜ちゃんに。

前の俺は、愛されたのに。

くらくらした。

「マリオ……？」

なんだろ。

目の前に見えた。

湖の中で、白い乗用車が大破している。助手席のドアは破損していて、自分は水の中に投げ出されている。

竜吾がマリオを引き上げると、何度も名前を呼んでいる。

——マリオ！　マリオ！　頼む！　目をあけてくれ！

やだな、竜ちゃん、そんな必死な声を出さないで。俺はここにいるよ。そう言いたいのに、声が出ない。

それは、きっと前の自分の記憶。

マリオは息を整える。

周囲を見回す。竜吾の部屋だ。彼の部屋で、竜吾と対峙《たいじ》している。

ああ、そうなんだ。

「竜ちゃん、きっと、今夜だったんだよね。湖で事故に遭ったのは」

そして、最初に俺が死んだのは。

「そうだ……」

その俺を助けるために、竜ちゃんは、こんなふうに苦しむことになったんだ。

「あのとき、俺のこと、助けなければ……」

これからたくさん曲を作りたい。ヒロくんに配信曲をあげる約束をした。フェスにも呼ばれている。

やりたいことがいっぱい。

それができないのは、やだ。だけど、竜ちゃんが俺のことで苦しむのは、もっといやだ。

好き合っているのがわかっているのに、別れるのも、いやだ。

愛されないのは、魂が死んじゃうことだ。「俺なんて」ってどん底まで落ちることだ。

「俺、竜ちゃんと別れたくない」

「聞き分けてくれ。携帯からおまえのアドレスを消す。おまえも消せ。ここには、来るな」

「やだよ！」

竜吾は立ち上がった。マリオはポケットを押さえる。

「そこか」

竜吾が、片手でマリオの腕を軽くねじりあげた。彼にしてみたら、撫でるくらいに優しくしたつもりだっただろうが、今まで彼から受けたことのない暴力にさらされて、マリオは死に物狂いで抗う。

だが、そんなマリオの力など、風が吹くほどにも感じなかったのに違いない。力尽くでマリオの携帯を奪った。自分の携帯から竜吾のデータが消されていくのを、マリオはなすすべもなく、見ているしかなかった。

ぽんと返されたそこには、竜吾のアドレスはなかった。

「全部、消えちゃった……」

「パスワードを初期設定のままにしておくのはオススメできないぞ」

竜吾の声が冷たく響く。

高校のころ、まだ、家庭教師をしていた竜吾からの事務的なメッセージも、八年の清いつきあいの間の、週末ごとの楽しいデートのお誘いも、借金を返し終わったという報告も、こうしたら愛の言葉を伝えられるねというマリオからの提案も。

二人の間に取り交わされたすべてが、呆気《あっけ》なく、一瞬で、消えてしまった。

自分たちの愛情が消えていってしまったみたいだ。

あるのは、虚無だ。あの悪魔の顔の印象みたいに。

「嘘」

マリオは、竜吾を見た。竜吾の表情には、なにも出ていなかった。最初に会ったときのように。いや、あのとき以上に、そこには虚無が広がっている。

「消しちゃった。竜ちゃんが、俺の、ことを、消しちゃった」

信じられなかった。自分たちにとって、これはとても大切なものだったはずなのに。

「おまえを助けるためだ」

そんなこと、望んでない。

もうちょっとでそう言ってしまいそうになる。そう言ったら、竜吾がしたことを責めることになってしまうのをわかっているのに。

「もう、だめなの？　俺たち」

「マリオ。俺が悪かった。今回のループでも、おまえとやっていきたいなんて思った俺が一番いけなかった。俺をこれ以上、苦しめないでくれ」

なんで？

俺たちはこんなに愛し合っていて、互いを想っていて、そのぶん、なんでこんなにつらくならないといけないの？

もう、ほんとに終わりなの？

「出て行ってくれ」

「やだ」

やだよ。ぜったいに出て行かない。マリオはリビングのソファにすがりついた。ふっと、竜吾はため息をついた。

無言で竜吾はマリオを抱え上げた。そのまま、荷物のように玄関から外に押し出される。靴が放り投げられ、鍵《かぎ》がかけられた。急いでマリオはポケットを確かめてみるのだが、竜吾に渡された合鍵はなくなっていた。

そつがないなあ、竜ちゃんらしいなあと思って、マリオは自分がべそを掻いているのに気がついた。

「ボタン」のママが言ったとおりだ。竜ちゃんは悪い男だよ。だって、俺のことをこんなに泣かせるんだもん。

それからも、マリオは竜吾《りゅうご》の夢を見た。違うのは、抱かれるときに痛みを感じること。

それなのに、マリオは夢の中の自分が、ねたましくてならなかった。

竜吾とつきあっているのだ。それだけでもうらやましいのに、常に愛されていることを自覚しているのだ。

痛みによって。

目が覚めるたびに、歯噛《はが》みすることになる。

――いいなあ。

今の自分は、竜吾に捨てられてしまっているのというのに。

それなのに、マリオは竜吾をあきらめられない。あんなに恐《こわ》い顔で「出て行け」って言われたのにもかかわらず、だ。

だって、しょうがないじゃないか。

ずっとずっと、竜ちゃんのことが好きだった。恋人同士になって、愛し合えるときを楽しみにしていた。

それなのに。

裏切られたというにしては、竜吾は自分を愛しすぎているし、浮気されたと言い立てたくても、相手は自分なのだ。

むしゃくしゃしている。

曲を仕上げたあとでよかった。今、作れと言われても、聴かせるようなものができるなんて、とても思えない。

——誰かに、相談したい。訴えたい。

でも、誰に？

親に相談しても、別れればいいって言われそうだし、ヒロくんだって恋愛ごとに詳しいわけではない。きっと、好きなようにしたらいいって言われて、会話は終了だ。

「うん、相談できるのは、あの人しかいないな」

黒岩《くろいわ》千春《ちはる》。竜吾のお兄さんだ。

「名刺をもらっておいてよかった」

数日の後。

マリオは戸惑っていた。

「えっと、ここだよね？　表札、『黒岩』ってなってるし」

黒岩家は田園調布《でんえんちょうふ》の駅から緩い坂を上がっていったところにあった。

「でかい」

え、なに、ここ。ヤバい人のおうち？　昔の総理大臣のなんとか御殿とかいうのをテレビで見たことがあったけど、あのくらいあるんじゃないだろうか。

純和風の門構えには、達筆で黒岩と書かれた表札がかかっている。チャイムがあるのがいっそふしぎになるくらい、時代がかっている。

「あのー、藤枝《ふじえだ》と言いますがー」

『はい、うかがっております。お入りください』

そう言われて、迎えの人に従って玄関から上がる。案内してくれた人も、なんだかヤクザさんではないだろうかと疑ってしまうくらいにごつい。

虎《とら》の毛皮の敷物がある部屋に通されて、衝立《ついたて》の前、尻が沈むソファに座っていると、つくづくと自分が不似合いだと感じる。マリオのキャラがこの家と合ってない。浮いている。

「まあ、せめて、堂々としていよう」

そう決めて、ぐんとソファの背にもたれた。そこに、千春が入ってきた。彼はお高そうな服を着ているが、これが普段着なのだろう。千春は、応接室のソファにふんぞり返る。

うわ、なんだかしっくりくる。

「えー、よく来れたね」

千春に言われて、マリオは応じる。

「坂を上がってきたらすぐにわかったよ。でかいもん、このうち」

「そうじゃなくて。ぼく、おまえが弟をこのうちから出しちゃったこと、根に持っているんですけどー」

嘘だよね。

「そのわりには、親切だったよ。『ボタン』で会ったあのときだって、俺と竜ちゃんの仲をとりもってくれたんだよね。ありがとう」

頭を下げる。チッ、と千春は舌打ちした。

「竜吾とつきあおうってだけあるよ。図々《ずうずう》しいな」

「え、そうですか？」

もしかして、それって、お似合いってこと？　やだ、照れる。めっちゃ嬉《うれ》しい。

「なんだよ、にこにこして。褒めてないからね。で、なに？」

やっぱり、いい人だね。千春さん。

「千春さんだったら、俺の愚痴《ぐち》を聞いてくれると思ったんだ」

そういえば、千春さんも弁護士なんだった。

「あのね。契約があって、その契約がきついもので、取り消したいって、できますか？」

「ずいぶん、ざっくりしてるんだな。まあ、それは、法律に違反していたら、いけるんじゃない？」

「ああー。そういうのとは、ちょっと違うかも」

「そうじゃない限りは、難しいね。本人たちが納得して契約したんだったら」

「やっぱり、だめなんだ」

がっかりだな。

「竜吾も同じようなことを聞いてきたなあ。自分だって弁護士のくせに、なに聞いてんだってやつだけど。相談事がざっくりしすぎなんだよ。なになに、マリオちゃん、やばいことに頭つっこんじゃったの？」

「なんで、竜ちゃんの相談が俺関係だって思ったんですか？」

首をひねる。

「だって、竜吾があんなに真剣になるなんて、きみのこと以外、考えられないでしょう」

千春は、微笑《ほほえ》んでいた。むしろ、浮き浮きしているとさえ言えた。

なんでー？

こっちは真剣に悩んでいるのに。なんで、そんな顔してるわけ？

「嬉しそう、千春さん」

「だって、楽しいんだもん」

やっぱり、千春さんこそが本物の悪魔なのか。

ぷぷっと千春が思い出したように笑った。なんなの？

「ねえねえ、知ってる？　きみの受験のときに、あいつがなにをしたか」

「え。もしかして……——ほんとは俺のこと、裏口入学させたとか？」

マリオが合格したのは、一応難関と言われる都内の私立大学だ。当時の担任に合格を伝えたときには、「奇跡」だと言われてしまった。

「違う、違う。水垢離《みずごり》だよ」

「ミズゴリってなに？」

意味がわからない。千春が説明してくれた。

「うちにはまだ裏手に井戸があるんだよ。きみが受験してから合格発表まで、毎朝、その井戸のほうから、ザバーッって音がしてきたわけ。で、ある朝こっそり見てみたら、なんと、あいつだったんだよ。竜吾は、いてもたってもいられなかったんだろうなあ」

どうしていいのかわからずに、ひたすら、水を浴びたのだろう。

合格発表のときに、自分の合格より嬉しいと言ってくれた竜吾。

「わ……。竜ちゃん、らしいな……」

限りなく竜吾らしい。どこまでもまっすぐで。ひたすらに自分を愛してくれている。鼻の奥がツーンとしてきた。

千春が驚いた。

「え、なに。どうしたの？　泣く？　泣くの？　泣いてるの？」

ひどくあわてている。

「やめて。俺があいつに怒られる。きみを泣かせたのがばれたら、このまえみたいなんじゃすまないよ。顔よしの弁護士さんで通っているのに、変形しちゃうよ。冗談じゃない。アメちゃんなめる？　ほらほら」

竜ちゃん、竜ちゃん。

俺、知ってたよ。竜ちゃんの愛は、俺の人生を塗りかえるくらいにでっかいんだ。いつもいつも、竜ちゃんの愛で、俺は満たされてたんだ。竜ちゃんに愛されてから、俺のほんとの人生は始まったんだよ。

竜ちゃんなしの人生なんて、考えられない。

「なんでなんだよー。俺たち、すごい一生懸命、やってきたんだよー！」

二人とも、地に足をつけて、ずっとやっていこうって思っていた。だから、遠回りしても我慢できた。

「それなのに、なんでこんなことになってるんだよー！　俺は、竜ちゃんを喜ばせたいだけなのに。竜ちゃんだって、俺のことを好きなだけなのにー！」

「わかった、わかった。きみ、変わってるよね。竜吾のどこがそんなに好きなの？」

マリオの涙が、止まる。どうしてだっけ。

必死に思い出す。

「うわ……」

そのきっかけは、あまりにもエゴイスティックなもので、恥ずかしい。でも、この人だったら、ほんとのことを言っても、わかってくれそうな気がした。

「最初は、こう、復讐《ふくしゅう》というか」

「復讐？　竜吾がきみになんかしたの？」

ぶんぶんとマリオは首を振った。違うのだ。これは、完全に八つ当たりだ。それがわかっているから、恥ずかしい。

「うちの父親が割とこう、男らしい男の子を欲しがっていたから……。竜ちゃんを家庭教師につけてきたのも、父親だったし。なんか、竜ちゃんって、俺の理想だったんだ」

千春の微笑が、複雑なものを含んだ。

「理想ねえ」

その声には、少しだけ苦いものが混じっている気がした。

「そういう、うちの父親が認める男を誘惑してみたかったっていうか」

うわー、俺ってほんとに性根が悪い、性格悪いよなー。

「あー、なるほどー。わかるー」

この気持ち、わかってくれるんだ。

「それで？　竜吾は誘惑に乗ってくれたの？」

「怒られました」

千春はげらげら笑った。この人、そういえばいつも笑ってるな。正確には、笑っている顔をしている。

竜ちゃんとは、正反対だ。

「でも、竜ちゃん、すごいまじめに俺のことを考えてくれて、今まで予想もしなかった、すごくいいところに連れてきてくれて、どうしたら俺でいられるか、いつも頭ひねってくれて、俺、竜ちゃんなしじゃいられなくなっちゃったんだ。竜ちゃんといると、ごく自然と生きていいって思えるんだ」

そこまで言って、マリオは口をつぐんだ。じゃあ、なんだ？

俺ってあれだ。竜ちゃんに依存しているだけなんじゃない？

俺がいなくても、竜ちゃんは元気に生きていけるんじゃない？

俺って、竜ちゃんのお荷物なんじゃない？

小さくなって、マリオは言う。

「竜ちゃんには、迷惑だったのかもしれないけど」

自分がいることが、竜吾のためにいいのだと、信じ切れていたから、こんなにしつこくできたのだ。だけど、それは、自分が竜吾を頼っているからであって、竜吾には自分が必要じゃないのだとしたら。

「そうしたら、俺、もしかして、離れてあげたほうがいいのかな。つらくても、そうしたほうがいいのかな」

俺が、我慢したら、一人でも生きていけるようになったら、それですべて解決するのかな。

こんな気持ちになったことはなかった。

ここに来て、自分の気持ちがぐらついている。

千春は、首をかしげるようにして、マリオに言った。

「ぼくにしてみたら、竜吾こそ、きみにもたれていると思うけどね」

「はあ？」

あまりにも意外なことを言われて、口があんぐりあいてしまう。

「そんなわけないじゃない。竜ちゃんには、欠点なんてないし。弱みもないし。強《し》いて言えば、動物が寄ってくるのに、どう扱ったらいいのか困っていることぐらいでしょ」

「いやあ、あいつはけっこう……――けっこうよ。母親のことが、あったからねえ」

「お母さんのこと？」

「聞きたい？」

そういえば、お父さんのことはたまに聞くけど、お母さんのことを口に出したことはない。

普段だったら、竜吾が言いたくないことは聞かないって言っただろう。でも、今は別だ。

もう、自分と竜吾は決裂寸前だ。いや、すでに決裂しているのかもしれない。マリオが追いすがっているだけなのかもしれない。

だったら、どんな手段だってとる。

なんでも、聞いておきたい。

「聞きたい」

千春は、話してくれた。

「俺と竜吾は母親が違うんだ。竜吾のお母さんは、まあ、けっこう、きれいな人だったよ。俺にも優しかったしね。でもさ、うちってわりと、人に恨まれたりしてるからさ。あいつが小学生のときに、家から出たところで刺されそうになってさ。それをかばって、母親が死んだの」

なんて言っていいのかわからない。マリオはぎゅっと、こぶしを握りしめて、膝の上に当てた。

「竜吾のやつ、もっと泣くかと思ったけど、葬式でも涙一つ見せなかった。親戚とか列席者がひそひそ話をしているんだ。聞こえるよな。その中、あいつは黙ってうつむいていた。仏《ぶっ》頂《ちょう》面《づら》は、あのときに完成されたと言っても過言ではないな」

最初のときに、ほとんど表情を変えなかった竜吾のことを思い出す。マリオは「ふーんだ。俺には愛想なんて必要ないわけですね」なんて、思っていた。

そんなんじゃない。

あれが、竜ちゃんだったんだ。

「それから、あいつ、笑わないし、泣かないし、ロボットみたいだった。あいつの感情は、どこにいってしまったのかってね。それを取り戻したのは、きみだろ」

「俺……？」

「あいつがさあ、ぼくや親父《おやじ》殿に逆らってくるんだよ？　それでもって、へこんだり浮かれたりしてさ」

竜吾の笑った顔がもっと見たくて、マリオはがんばった。そっか。竜ちゃん、俺だから、笑ってくれたんだ。

そうだったんだ。竜ちゃん。

竜ちゃんにも、俺は、必要だったんだ。そんなにも、切実に、必要だったんだ。

そんなことぜんぜん知らないで、竜ちゃんにわがままばっかり言って。父親とうまくいかなくて、すねてふてくされて。

「俺、ちっちゃい」

俺って、なんて小者なんだ。

そんな俺に、竜ちゃんは、とっても優しくしてくれた。自分のほうがうんとうんとつらいことがあったのに、そのままの俺がいいと、ほんとに愛してくれた。

それでもって、俺ときたら前の俺に勝手に嫉妬《しっと》して、うらやましがって。

ちっちゃすぎる。

俺には、変えられる未来があるじゃないか。

それを、これから、竜ちゃんと作っていかないといけないんだ。なんとしても。

ふふっと、自分の中で、誰かが笑った気がした。おまえか。前の俺か。

うん。悔しいけど、その通りだよ。

「千春さん。俺、決めました。ぜえええったいに別れません。なんとしても、竜ちゃんと生きていきます」

「だって」

千春が言うと、衝立のうしろから、竜吾が出てきた。顔が赤い。

「うわ。竜ちゃん、聞いてたの？」

「……ああ。聞いてた」

「ぼくが呼んでおいたんだよ。いい兄貴でしょ」

そう言って、千春が陽気に笑った。

「うん、俺もそう思う」

マリオは賛同する。

竜吾が確認する。

「マリオ。ほんとうに、いいのか？　おまえが、苦しむことになる」

「竜ちゃんと離ればなれになったら、心が死んじゃうよ。それ以上の苦しみなんて、ない。俺は、もう、決めたよ。だから、竜ちゃんも、そうしてよ」

それは、マリオが痛がっても苦しがっても手放さないでくれという意味だったのだが。

竜吾は恐いくらいに真剣な顔をしていた。

「覚悟か」

静かな声だった。竜吾の、魂の奥底、芯の芯から響いてくるような、おそろしいほどの決意を含んでいる。そんな、声だった。

竜吾はマリオの肩を摑んだ。痛いほどの力がこもっていた。

「わかった。俺は、覚悟を決める」

「うん！」

その『覚悟』がなんなのか。

そのときのマリオは、把握しきれていなかったのだ。わかっていたら、おそらく止めただろう。

千春が、ずいと顔を出してきた。

「で？　お兄様にも詳しい話を聞かせてくれる？」

竜吾とマリオの二人は、千春に話をした。

あまりに奇天烈な話だ。

うまく伝わるか心配だった。互いが互いを補い合いながら、「きっと、わかってもらえないよね」と心で思いながらも、ひととおりの話を終える。

「はあ？　悪魔あ？」

千春は素《す》っ頓狂《とんきょう》な声をあげた。

「ですよねー」

まあ、どうせ、信じてくれないだろうとは予想してたけどとマリオは思う。

「ふーん」

千春は立ち上がると、電話していた。それから、こちらを向いて、手を叩く。

「じゃ、そういうことで。行こうか」

「行くってどこに？」

「その、悪魔祓《ばら》いのところにだよ」

「へ？」

「悪魔と契約したんだろ？　それをどうにかしないとなんだろ？」

マリオは竜吾と顔を見合わせた。

そのまま三人して車で出かけることになった。千春の運転はマリオが予想していた数十倍、ていねいで優しかった。車が電動なせいもあって、滑るように走って行く。

「こんなばかな話を、信じてくれるの？」

マリオは後部座席で竜吾と並んで座りながら、驚きを隠せないでいた。千春は笑って答える。

「ほかのやつだったら一笑に付すよ。でも、竜吾だよ？　こいつがカラスが白いって言ったらほんとに白いし、槍《やり》が降ったって言ったらほんとに槍が降ったんだよ」

「わー、俺と同じこと言ってる」

ふふっとマリオは笑う。わかる。竜ちゃんは信じられるんだ。竜吾は照れくさそうな顔をしている。その顔を見る。

「なんだ？」

「うん、嬉しくてさ」

こんなところに味方がいたんだね、竜ちゃん。

「悪魔祓いってどこにいるの？」

「ここだよ」

千春が車を止めた。竜吾がつぶやく。

「うちの事務所の近くじゃないか。こんなビルがあったんだな」

虎《とら》ノ門《もん》に、廃ビル寸前の、こんな建物があるなんて。

表通りからは、ちょうど死角になって見えない。五階建てなのに、エレベーターもないようだ。三人は外階段をあがっていく。手すりはさびついていて、竜吾がもたれたらそのまま落下してしまいそうだった。

五階まで上がると、『芥川霊能事務所』とプラスチックの看板があるドアがあった。ドアは元は水色だったのだろうが、塗料が剝《は》げ、さらにそこに梵字《ぼんじ》みたいな模様のお札がたくさん貼ってあって、異様なことこのうえない。こんな八方塞がりな事態でなかったら「帰ろう」と言い出していたのに違いないマリオなのだった。

「あやしいよ、ここ」

千春がにっこり笑って言った。

「マリオちゃん、『悪魔祓い』ってところでもう、あやしさマックスなんだよ」

「『マリオちゃん』……？」

竜吾が千春の呼び方に反応した。

「や。おまえ、男の嫉妬は醜いぞ。ねえ、マリオちゃんもそう思うよね」

「そんなこと、ないですよ。俺も嫉妬するし。嫉妬されるの、嬉しいです」

「くっ」

竜吾が身悶《みもだ》えている。

「あのね、こいつはできるだけマリオちゃんに負担をかけまいとしているんだから、煽《あお》らないようにね」

「おお……」

ちょっと感動してしまう。竜ちゃんが自分への愛情を出さないように、がんばっているなんて。ああ、小悪魔の自分。もし、できることならば、煽りたい。そして、竜吾の愛を確かめたい。

「うう……」

でも、今は我慢だ。

ドアをノックする。返事はない。

「行くって言ったんだけどな」

千春が手前にノブを引くと、開いた。

中は廊下もなく、いきなり事務所になっている。

リノリウムの床に、不揃《ふぞろ》いなソファと椅子《いす》が並んでいる。テーブルはない。かわりにその真ん中にミノムシのように寝袋が転がっていて、膨らんでいる。片側から人の髪の毛らしきものが覗《のぞ》いていた。

それがもぞもぞと動いて、顔を出す。

三人を順番に見たその人の視線がマリオに重なったときに、「ああ」と言った。

知り合いだっけ？

マリオは首をひねっていたが、もそもそと寝袋から出てきたその男の服装を見て、思い出した。

「竜ちゃんを見張っていたときに、こっちを覗き込んできた人だ」

こんな状況なのに、千春は平然としている。

「さきほどお電話した者ですが」

「はい、悪魔祓いの芥川です」

千春は、芥川が立ち上がるのに手を貸した。

「だだだ、大丈夫なのかな？」

マリオは心配になってくる。事務所ってわりには、事務員もいないし、どちらかというと、椅子とソファの倉庫みたいだし。

「マリオちゃん、竜吾。安心しなさい。この道の中では超一流だそうだ。ちょっと変わり者らしいけど」

千春が本人が目の前にいるというのに、そんなことを言った。

「ちょっと……？」

竜吾がいぶかしげに芥川を見る。芥川は千春はスルーして、竜吾とマリオの前に立った。

二人の顔を、交互に覗き込む。

「なるほど。悪魔に好かれそうなお二人だ」

「えー、なにそれ」

マリオは膨れる。いきなり、失礼なんですけど。

「失敬。褒めたつもりなんですよ。悪魔は、きれいな魂が大好きなんです。こりゃあ、手出ししたくなる」

そう言いつつ、芥川は椅子とソファをすすめてきた。マリオが腰を下ろすと、尻が柔らかく温かい。ソファと同じ色の猫がいたのだ。

マリオの尻に敷かれた猫は、不満の声をあげた。

「ご、ごめんな！」

猫は、マリオから逃げて、竜吾の膝に乗った。

「う……」

竜吾が緊張している。ぴくりとも動かないようにしているその仕種《しぐさ》がおかしくて、千春とマリオは、笑いをこらえる。緊張がほぐれた。

芥川が話し始めた。

「あらましはさきほどメールで伺ってますが。契約書のコピーなど、ありますか」

「コピー？」

マリオはきょとんとする。そんなものがあるのを想像したことさえなかった。

「携帯のカメラで撮ったものなら、ここにあります」

竜吾がそう言って、出してくる。あるんだ。

画像を、千春と芥川が覗き込んだ。

「なんだ、これ。未知の文字？」

マリオの質問に、芥川が答える。

「違います。ラテン語の鏡文字ですよ。……ふむ」

芥川はぶつぶつ言っている。

「本物のようですね『汝《なんじ》の願いを叶《かな》える。代価は、汝の魂の傷よりしたたる雫《しずく》にて購《あがな》え』とあります。これは、あとで私の携帯に送ってもらうとして」

ふしぎそうに、珍しい宝石を見るような目つきで、芥川は竜吾を見ていた。そんなふうに俺の竜ちゃんを見ないでよとマリオが言いがかりをつけたくなるほどの、あの悪魔に匹敵するほどの熱のこもった視線だった。

「あなたの願いとはなんですか。女性や金や地位を求めるタイプではないとお見受けしますが」

マリオが手を上げた。

「俺の命だよ」

芥川はマリオをチラリと見て、言い捨てた。

「そんなわけはないでしょう」

マリオはむっとする。

「ほんとうだもん。竜ちゃんは嘘なんてつかないよ」

竜吾も同意する。

「ああ、マリオの言うとおりだ。マリオの命以外なら、そんなあやしい者とは契約しない」

「だよねー」

竜吾とマリオは互いに目を見交わして、納得し合う。納得していないのは、芥川だった。

「おかしいですね」

猫背の悪魔祓いは顎に手を当てて、考え込んでいる。

「管轄が違うんですよ。悪魔が取り扱うのは、魂です。死は死神の管轄です」

「管轄があるんだ」

マリオがつぶやく。

「ありますよ。悪魔と死神は、クリエイターとお役所ぐらい、違います。悪魔は、人間の魂が好物です。美しい魂の傷からしたたる雫、ラクリマが特に珍重されます。そして、死後はその魂を所有して縛ります。死神は『天命の帳簿』を保有しています。定期的に見回って、帳簿にない不審死、もしくは不審生をチェックするのが仕事です」

「うー、今まで俺って世の中の半分しか知らなかったみたい」

にやっと芥川が不気味に笑った。

「半分で済めばいいですけどね」

「うん、なるほど。ずっと引っかかってたんだよね」

千春が、腕組みしながら、うなずいている。

「まあ、ぼくは悪魔も死神も正直言って、信じていない。自分が見てないからね。竜吾が言うから、いるんだろうってぐらいでね。でも、竜吾は信じてる。その、ぼくがそこまで信じている竜吾が、初めてのドライブデートで運転ミスをするかなあ」

「そういえば、そうだよね」

マリオも同意する。

「俺だよ？　竜ちゃんが心から愛している、この俺を乗せてるんだよ？　竜ちゃん、絶対に安全運転するよね。単独事故ってあり得ない。竜ちゃん、車の練習したでしょ？」

「した」

「どのくらい？」

「下見を兼ねて、十回は姫神湖まで行ってみた」

うんうんと千春がうなずいている。

「それに、時間を戻してくれるなんて、サービスよすぎだよね。もしかして、マリオちゃんが死んじゃったら、一番まずいのは悪魔なんじゃないの？」

むむうと芥川は考え込み始めた。背を丸めたまま、そこらを歩きだす。

「そう。これは、悪魔が勝手にしたことでしょうね。でも、契約はなされてしまった。悪魔もノルマを達成するのに必死でしょうから、取り消せと言っても、取り消してはくれないでしょうねえ」

芥川が竜吾をひたと見据えて言う。

「これは、別部門から話をつけてもらうしかないです。……困りました」

「なにに困ってるわけ？」

千春が聞いた。芥川が答える。

「しばらくお二人を隔離できる、人が来ない、ある程度広い場所が必要なんです。そんなにすぐに用意できるものではないですよね」

千春は笑って、親指を立てた。

「おっけー、まかせといて。そういうところなら、心当たりがあるから」

そして、その週末。

一行は、その「心当たり」に向かっていた。都心から車で二時間。目の前には、山を大きく切り開いて作られた巨大なホテルが、うち捨てられた神殿のようにそびえ立っていた。

「ここは、ぼくの知り合いの持ち物なんだよ。これでも、昔は、満室に次ぐ満室だったらしいよ。おかげで違法な増築を繰り返して、入り口から奥までが迷路状態だ。今は、電話も通ってない廃墟同然だけど、ごく一部だけはたまに使っているんだ」

なにに使ってるんだろう。マリオはいぶかしんだが、聞かない良識は持っていた。それを察知したかのように、千春は言った。

「安心して。そこまでやばいことには使ってないから」

「どうだか」

竜吾が反応する。千春は微笑んで言った。

「ほんとだよー。このまえは、約束の期日を守れない人気作家を缶詰にしたくらい」

「かん、づめ……」

恐い。マリオはすごく恐い想像をしてしまった。

「言っておくけど、缶詰っていうのは、ホテルに閉じ込めて書かせることだよ。肉体は傷つけてないからね」

「そ、そうなんだ。よかったー。よかった……のか?」

最後には疑問形になってしまうマリオだった。

フロントを入ってから、階段をいくつも上がって下りる。渡り廊下で別館に行くと、千春は大ホールの扉を開いた。

「ここが『ミカエルの間』。このホテルで一番広いところだよ。ここでどう？」

百人ほどがゆうに卓につける広さだが、今は、丸テーブルの上に椅子がかけられている。

芥川がうなずいた。

「ここでいいです。真ん中を、あけてもらえますか」

そう言われて、千春、竜吾、マリオの三人はテーブルを移動させた。とは言っても、千春は口を出すだけだし、マリオは竜吾が持ち上げるテーブルに手を添えていたと言ったほうが正しい。

「このぐらいでいいでしょう」

芥川が、白いチョークのようなもので魔法陣を描き始めた。あの、事務所のドアにあったお札に似ている。梵字のように見える。うずくまってそれを見ながら、マリオは聞いてみた。

「芥川さんは、悪魔に会ったことある？」

「……」

間《ま》があった。芥川はにやっと笑った。

「ありますよ。何度もね」

「へー……」

「まあ、普通は、契約者にしか見えないんですけどね、誰にでも見えるんだったら、こちらも苦労しないんですが」

「俺、契約者じゃないけど、見えたよ」

「きみは特別、目がいいですからね。そのせいでしょう。だから、彼のことを好きになったんですね」

「褒めてる？　褒めてくれてる？」

「そうですね。きみは、よく耐えていますよ」

マリオは、笑い飛ばした。

「痛くて苦しいけど、でも、平気。竜ちゃんにそれだけ愛されていると思うと、嬉しいくらいだよ」

「きみ、変わっていますね。こうなると、たいていは、別れてしまうものですけどね」

「別れないよ。俺、竜ちゃんを幸せにする。そいで、一生、そばにいるんだもん」

芥川は、神妙な表情になった。「そうなればいいですね」というような。

なんだよ。ぜったいにそうするんだから。

「できました」

ようやく、魔法陣が、完成した。

直径三メートルほどの大きさのものだ。

「私も死神を呼び出すのは、初めてです。みなさん、失礼のないように」

芥川が、呪文のような言葉を唱え出す。魔法陣の真ん中に煙が立った。

「すごい……」

マリオは手を握る。

来る？　来る？

やがて、煙は人の形を取り始める。

俺、死神って初めて見るよ。黒いマントを着ているのかな。骸骨《がいこつ》さんだったりして。鎌を持っているのかな。

だが、ぷすっ、ぷしゅううううという情けない音がして、煙は消えてしまった。

「ん？」

マリオは、真ん中を指さす。

「見えないだけで、来てるの？　竜ちゃんはどう？　見えてる？」

「いや、俺にもさっぱりだな」

芥川が、手をパンパンと叩いた。

「不発でしたね」

「なんでー？　間違ったの？」

むむっとした顔をした芥川が言った。

「違います。魔法陣は合っていた……はずです。忙しいので、人間ごときの呼び出しは、無視されてしまったと思われます。既読スルーというやつです」

マリオは主張する。

「既読スルー、よくない」

「しかたない。プランBに移行しましょう」

芥川はそう言った。


芥川は、ホテル別館のあちこちに目の描かれた梵字みたいな札を貼っていった。

「うーん、なんだか……」

竜吾が顔をしかめている。

「わかるよ、竜ちゃん。呪われた館《やかた》みたいになってるよね。ホラー映画に出てきそう」

「失敬な。ここの別館だけでも、悪魔が入ってこないようにしているのに。影響も遮断できる、優秀な札なのですよ」

え、ほんとに？

「芥川さん、すごい。そしたら、俺、竜ちゃんと甘々生活し放題？」

「はいはい、そうですよ。さて、これで、この別館だけは、結界が張られました。どうですか、竜吾さん、なにか感じませんか？」

「言われてみれば……すがすがしいような」

「そうでしょう、そうでしょう」

ほんとかいとマリオは突っ込みを入れる。

「では、私はまだ調べ物がありますので」

「ぼくも仕事があるからね」

芥川と千春は帰ると言う。渡り廊下の向こう、結界のギリギリまで、竜吾とマリオは二人を送っていった。

芥川は念を押す。

「ここから出ないで下さいね」

竜吾とマリオは答える。

「わかっている」

「出ないよー」

「必ずですよ。ここから出たら、お二人の無事の保証はできません」

竜吾とマリオは、渡り廊下の端から二人を見送ったあと、別館内に戻っていった。あちこちにお札が貼られている。『耳なし芳一《ほういち》』とか、『牡丹灯籠《ぼたんどうろう》』を思い出す。

「不気味だねー」

そう言いながらも、マリオの足取りは軽い。

「なんだか、楽しそうだな」

当たり前だ。

「だって、久しぶりに二人きりだから」

「そうだな。二人きりだな」

渡り廊下の途中で竜吾の足が止まる。つられてマリオも。竜吾が、髪にふれてくる。

「うふふ、くすぐったい」

竜吾の顔がほころんだ。

「おまえは、ほんとうに……」

そこで、言葉は止まった。

「ねえ、言って」

「なに」

「好きだって、言って」

彼の顔が渋くなる。

「だめだ」

「だめ？」

「おそろしいんだ。おまえを苦しませるんじゃないかと」

「いいよ、いいい。苦しくても、いいんだ。ねえ、竜ちゃん」

「うん？」

「前のときの俺も、俺なんだよね。だから、わかるんだ。心臓が痛くても、息が苦しくても、でも、嬉しかったよ。竜ちゃんが愛してくれていて」

ずっと、竜吾は気にしていただろう。

苦しませてしまったことを。

自分の苦しみよりも、つらかっただろう。

「おまえは、すごいな」

「そういうところ、好き？　ねえ、好き？」

言って欲しかった。ちゃんと、聞かせて欲しかった。前の自分が、苦痛に耐えても欲しがった言葉。自分も、求めてやまない言葉を。

竜吾は、迷っていた。だが、とうとう、小さく、聞こえるか、聞こえないかほどの声で。

「好きだ」

小さい、か弱い声だったが、それは、マリオの奥の奥まで、響き渡る。竜ちゃんが、俺のことを好きだって言ってくれた。間違いなく、好きだって。

「わーい！」

ばんざいをする。

「平気だ。痛くない」

「ほんとうか？　我慢してないか？」

「うん、まったく。ねえ、もっと言ってよ」

竜吾は困ったような顔になった。

「悪魔との契約は、破棄されたわけじゃないからな。まだ、恐いんだ」

「そっか。まあ、いいや。今はこれで充分だもん」

足取りが踊るようになってしまう。

俺、ずっとここにいてもいいなあ。

「ねえ、竜ちゃん。この別館の中なら、出歩いても大丈夫なんだよね。探検、しよう」

それから二人は別館の中をくまなく探検した。

大ホール、小ホール、そして、何室かコンドミニアム形式の客室がある。マリオは上機嫌で歌を歌った。

探検隊、探検隊
マリオと竜吾の探検隊
なにがいるかな

なにがいるかな
がおー、がおー！

竜吾が噴き出す。

「なんだ、その歌は」

「『マリオと竜吾の探検隊の歌』。ほら、竜ちゃんも歌って」

「俺は、歌えない」

竜吾は猫が膝に乗ったときのように、じっとりとあせった顔になった。

「歌なんて、適当でいいんだよ」

「へたくそなんだ」

「マリオのお願い」

そう言って、両手を合わせる。

「しょうがないな」

探検隊、探検隊
マリオと竜吾の探検隊
なにがあるかな

なにがあるかな
わおー、わおー！

うわ、竜ちゃん。ほんとに歌が下手だ。自分でもわかっていて、顔が赤くなってる。でも、俺のために一生懸命歌ってくれてるんだよね。そういう竜ちゃんが、たまらなく好きだなあ。ああ、俺、幸せだな。顔がふにゃあって溶けそうになってる。ずっとずっと、この別館の明るい廊下を、二人して歩いていたいなあ。

「ここ、なんだろう」

突き当たりのドアをあける。

「おお、チャペルだ……」

そこは、教会式の結婚式場だった。ステンドグラスが、外の光をとりこんでまぶしい。二人は祭壇の前に立った。

「ねえ、竜ちゃん」

マリオが言うのと、ほぼ同時に、竜吾が言った。

「なあ、マリオ。俺たち、結婚しないか」

「するする！」

かぶせ気味でマリオは言った。

「したい！」

「即答だな」

「だって、こんなに好きなんだもん。する」

竜吾はまじめな顔で言った。

「もちろん、今はできないが、将来、法律が整ったら、そのときにはしよう」

「うん。でも、竜ちゃん、お仕事に差し障りがあるかもしれないよね」

いくらマリオが脳天気でも、弁護士というお堅い職業の竜吾が、いろいろ言われるのは、予測できる。

——きみ、男が好きだったの？　私を好きにならないでくれよ。

とか、言われちゃったりするんだろうな。

——ふーんだ。竜ちゃんはあんたなんか、好きにならないんだから。

空想上の人物に向けて、マリオは悪態をつく。

自分はいい。

でも、竜ちゃんがそんなことを言われることは、悔しいし、悲しい。それに、もしかしたら、竜吾のことを退職に追い込んだりするかもしれない。

マリオはそれを予想して悲しくなる。だが、ぐっと顔を上げた。

今までだって自分たちは、互いへの気持ちだけでがんばってきたんだ。歯を食いしばって、ここまで来たんだ。

二人でいるためなら、なんだってできる。

「でも、大丈夫だから。そのときには俺が、竜ちゃん一人くらいは養えるようになってるから」

ぷくくと竜吾が笑い出す。なに、笑ってるんだよ。

「頼もしいな」

「俺、本気だからね」

「わかってる。だけど、だいじょうぶだ。マリオを飢えさせるようなことは決してしない」

「うん」

竜吾は、祭壇にかけられていたレースのセンタークロスを手にとった。それを、マリオの頭にかける。

「似合うぞ」

「俺、これから一生、竜ちゃんだけを愛します」

「俺もだ。俺には過去も未来も、マリオだけだ。それを誓う」

そう言って、竜吾がマリオのほっぺたをつまむ。こんなときまで。竜吾はマリオの頬が大好きだ。俺も、つままれるのが好きだ。

嬉しいよ。俺たちの日常が、愛し合っている時間が、戻ってきたみたい。

「マリオ」

竜吾が、マリオの唇にキスをしてきた。柔らかい互いの唇が重なり合う。魂が近くなったみたいな気がする。

ふわんと足下が雲に乗ったみたいになる。離れて竜吾を見上げると、顔が赤くなっていた。


コンドミニアムのうちの一つが、二人に割り当てられていた。ベッドルームが二つに、キッチン、ランドリーがある。送っておいたスーツケースが、運び込まれていた。

窓からは、荒れ放題の庭が見える。植物が勝手に繁茂した庭は、終わってしまった地球にいるみたいで、おもしろい。

「冷蔵庫には山ほど食材があるな。なにが食べたい？」

竜吾に言われて、マリオはスーツケースから、いつか竜吾に渡されたお品書きを、取り出した。汚さないように、きれいにパウチ加工してある。

「それを、持ってきていたのか」

「俺の、宝物だもん。じゃあねえ、肉じゃがと唐揚げ」

「すごい組み合わせだな。味噌《みそ》汁には野菜をたくさん入れるぞ」

肉じゃが、唐揚げ、マリオの好物。

たらったらったらーん。

勝手な鼻歌を作りつつ、竜吾の手伝いをする。そうしてできたごはんを、コンドミニアムのダイニングテーブルで食べた。

「おいしいー」

「そうか」

今までで最高においしい食事な気がする。暮れていく日差し、柔らかい照明、笑ってこちらを見ている竜吾。

竜吾といると、自分はいつだって、世界で一番幸せを軽々と更新する。

なんだろう。泣きたいくらいに、幸せだ。

ごろん。ごろん。

その夜は別々に寝たのだが、マリオはベッドの上で何回も寝返りを打った。

眠れない。

今まで、別々に寝ていたのに。ずっと、そうだったのに。マリオは立ち上がると、部屋にあった薄桃色のパジャマのまま、隣の部屋に突入した。

「竜ちゃん、竜ちゃん」

「マリオ？」

同じデザインで空色のパジャマを着た竜吾が、驚いたように上体を起こした。マリオは彼のベッドの上に這《は》い上がる。

「竜ちゃん、寂しくない？」

竜吾は、そっと、マリオの頬をつまむ。

「寂しいのは、おまえだろう」

そうかもしれない。でも、どうして？

「近くにいるからだ。もっと近くにいたくなる。呼び水みたいなもんだ」

「竜ちゃんは、なんでそういうことがわかるの？　前にもあったから？」

「ほら、いいから。おいで」

そう言って、竜吾が自分を差しまねいた。もしかして、ごまかされたんじゃないよね？

まあ、それでもいいけどさ。

マリオは竜吾に抱きしめられた。大好きな竜吾の匂《にお》いにくるまれている。

「うわあああ！　竜ちゃんだ。純度百パーセント、竜ちゃんだ！」

あまりの感動に、口をついて出る。竜吾が聞いてきた。

「なんだ、純度百パーセントって」

「嫌いにならない？」

「嫌いになんか、なるもんか。いつだって、マリオは、可愛いよ」

「あ、今、可愛いって、言った」

はっと竜吾が口元を押さえた。マリオは安心させるように竜吾のおなかあたりを軽く叩いた。

「平気。痛くないよ。ただ、嬉しいだけだから」

マリオは告白する。

「あのね、俺、竜ちゃんの洗濯物を畳むときに、シャツの匂いをかいだりしてたの。それで、竜ちゃんの匂いがちょっとでも残っているといいのになあって思っていたの。俺、大好きなんだよ。竜ちゃんの匂いが」

「だから、百パーセントか」

「そう」

「好きなだけ、かげばいい。ほら」

ごそごそと彼のベッドに深く潜り込んでいく。

胸に頭をもたれさせるようにして抱きつく。

「竜、ちゃん、だあ！」

すごい、これ。きゅうんとなる。お布団の中は、竜ちゃんの匂いで満ちていて、今まで愛をささやかれるたびに痛かった身体《からだ》中の血管とか、心臓とかが、こんどは逆に甘くきゅんきゅんしている。

そればかりか、身体の中心——自分のペニスまで、歓喜してじんじんしている。

なんだろ、これ。

「俺の大事なところが、なんか、へんなんだけど」

竜吾が喉の奥で笑う。

「俺もだ。普通だろう。好きな相手といるんだから」

そう言って、竜吾が軽く腰を押しつけてきた。

「ほんとだ。硬い……」

興奮してどうにかしたいというより、共犯者みたいな安心があった。

「俺は、おまえにしか感じない」

「俺だけ？　ほんと？　ばいんばいんのお姉さんのほうがいいとか、ほんとは思ってない？」

「俺はずっと、透明な硬い殻みたいもので覆われていたんだ。生きているのには違いないが、なにも感じなかった。心から、笑ったこともなかった。マリオがおかしな鼻歌を歌っていたときまでは」

「え、どの曲？」

「俺を待っている間に退屈だったから作ったんだろう。鬼の先生って曲だった」

「ああ、あったあった。あれね。俺の先生は鬼、っての」

恥ずかしい。うおおお。

マリオは、ますますベッドに潜り込む。そして、たくましい腕をふにふにとさわる。自分とはまったく違う。

「ドアの前で聞いていた俺は、笑いをこらえるのに必死だったぞ。笑うなんて、久しぶりだった」

お母さんのことが、あったからだね。優しい竜ちゃん。その透明な殻は、竜ちゃんのその柔らかくて傷つきやすい心を守るためにあったんだ。

「あの当時は、竜ちゃんのこと、完璧《かんぺき》で無敵だと思ってたなー」

「そうなのか?」

「そうだよ。ガタイがよくて、頭がよくて、品行方正で、未来の弁護士だなんて。チカチカまぶしすぎるよ」

「俺には、おまえのほうがまぶしかったけどな」

そう言って、竜吾はマリオの頭のてっぺん、つむじのあるあたりにキスをする。くすぐったい。それだけじゃない、なにか。

下半身を、さらに、さらに、刺激するむずむず感だ。やばい。

「竜ちゃーん」

情けなくも、甘ったるい声が出てしまう。

「どうした?」

「俺、めちゃくちゃ勃《た》ってきちゃったよ」

くくくと、詰まった笑い声がする。

自分ではどうしようもない身体の変化を笑われて、立つ瀬がない。

「俺も、なかなかすごいことになってきたぞ」

「竜ちゃんも？」

「さわってみるか？」

「い、いいの？」

だって、竜ちゃん、そういうこと、だめだって言ったのに。

「ほら」

竜吾に手首を摑《つか》まれて、導かれた。彼の下着の中に手を入れさせられる。高まった温度の湿度を、手で感じる。手探りで彼の高ぶりにふれる。それは、指が回りきらないほど張りつめていた。

え、でか？　でかくない？

自分のと握り比べて愕然《がくぜん》とする。

「竜ちゃんの、おっきい」

手の中のものが、どくんと脈打つ。

「おまえが、そんなかわいらしいことを言うからだろ」

俺の言葉に反応するの？　かわいいマリオに応じてくれるの？

それじゃ、これって愛の生き物じゃない？

「竜ちゃんのこれ、かっこかわいい。竜ちゃんみたい」

「なんだ、それ」

竜吾は笑ったのに、それは勢いを増した。

「あ、あ。すごい」

ぎゅうと抱きしめられる。

「そそり方が、うまいな」

うわー、耳が溶けるー。そこから、全身がとろとろになっている。

何これ。すごい。今まで、せき止めていたものが、濁流になっている。

「ふ、うう」

「あのな。そんな声を出されたんじゃ、俺がたまらん」

色っぽいためいきが降ってきた。

「竜ちゃん？」

「いいか？　腰をもっと、こっちに寄せてくれ」

竜吾が、腰を強く抱いた。マリオの下半身が、桃みたいにつるんと剝《む》かれる。竜吾は互いのものを一つにして、握りこんだ。

「あ、あ」

「相変わらず、いい顔をする」

相変わらず？　それって……。

竜吾がキスをしようとしたが、ぶんむくれてそむける。

「どうした？　いやだったか？」

「いやじゃないけど、前の俺と比べられると、やっぱり、おもしろくはないもん」

どうしても、むっとしてしまう。頭ではわかっていても、そうなってしまう。

「ごめんな。でも、俺にとっては、どちらもマリオだ。比べるなんて気はさらさらないんだ」

「もう、うまいこと言って」

つんと唇を尖《とが》らせる。

「マリオの表情はよく変わるな。見ていると、あきない」

「ふ……」

竜吾が指を動かしてきた。うまい。的確にいいところを、具体的に言えば自分の裏側の感じやすいところを責めてくる。ぬるぬると竜吾のペニスと突き当たり、粘《ねば》く甘いチョコレートみたいな吐息が耳朶《じだ》をしたたって、さらに指で刺激される。

耳に竜吾の舌が柔らかく絡《から》んで、たまらない。

「うん？」

「いっちゃう」

「いいぞ」

「もう、そんなの、むりだよ。だって、おしっこ漏らすみたいなんだもん。そんな、恥ずかしいこと、できないよ」

そう言ったのが、よけいに竜吾を煽ったようだった。

彼からの熱量が増してくる。いっそ、熱気をはらんでいるようだ。

ぐっと中を押し出すように、指を使われた。内腿《うちもも》が引きつる。

「あ、ああ……！」

吐く息に乗るように、射精してしまった。脱力感がすさまじい。自分が全部出てしまった気がする。

「う……ん……」

竜吾がキスしてきた。

からみつくように彼の舌が自分の口の中に回って、余韻の中で翻弄《ほんろう》されていると、竜吾も達して、息を吐いた。

「すごい……」

なんか、すごいことをした。好きな人と、感覚が行ったり来たりして、身体の奥から出た甘い汁を交換し合った。

「すごいことは、いろいろあるぞ。これから、もっと」

笑いをこらえて、竜吾が言う。

「今回のこれが終わったら、ちゃんと、してね」

「ああ、約束だ」

その夜マリオは、交換した清潔なシーツと竜吾の抱擁にくるまれて、冬眠したこぐまみたいにぐっすり眠った。

翌日に、なにが待っているのか、知りもせずに。

ホテル生活二日目。今朝の天気は快晴。

荒れ放題の庭は、鳥たちの楽園になっていて、かしましく鳴いている。そういえば、千春さんが、鹿とか猪《いのしし》も出るんだよって言ってたな。

マリオは「ふんふん、ふふふん、いい天気。ふんふん、ふふふん、梢《こずえ》が揺れてる。ふんふん、ふふふん、小鳥もさえずる」などと、勝手に歌を口ずさみつつ、キッチンに立つ。

ゆうべはお楽しみでした。

あんなことして、こんなことして、ポタージュみたいにとろとろになって、たくさん出しちゃって。ぐったりしてたら、竜ちゃんがとっても優しくて。

マリオはそんなに酒に強くない。ちょっとだけなら、ほんわか上気するくらいだし、たくさん飲んだら気持ち悪くなる。でも、これは、最高の深い酔い心地だ。

はー。幸せってこういうの？

お返しになんかしてあげたくなるのは、自然の理《ことわり》ってヤツだ。「朝ごはんを作ってあげる」とかどうかな。広めのキッチンを物色する。

「あ、カボチャがある。たまねぎも。ベーコンもあったし。牛乳があったし、固形スープも。うん、カボチャのスープを作ろう」

ところが、まるごとのカボチャが硬い。まな板の上に置いて包丁を入れようとするが、びくともしない。カボチャは緑の鎧《よろい》をまとった騎士のごとく、まな板上に鎮座している。

へっぽこマリオの包丁剣では、歯が立たない。

「これは、包丁がやわなのでは？」

思いついて、マリオは、出刃包丁を探し出してきた。牛肉の骨だって断ち切れそうな、大きな包丁だ。

「これならいける」

マリオは薪《まき》割りのごとく、出刃包丁をカボチャの真ん中に打ち下ろした。

「てえいっ！」

包丁は、そのまま止まった。薪に刺さったまさかり状態になっている。

「え、カボチャ、どんだけ硬いの？」

きゃしゃな自分の母親だって平然と調理しているというのに？

よしとばかりに、マリオは包丁の柄を握ると、カボチャごとふりかぶった。

「よいしょー！」

「マリオ。危ないぞ」

打ち下ろそうとしたそのときに、そう言って背後から、手首をつかまれた。

「竜ちゃん……」

「おまえ、いったい、朝からなにをしようとしてるんだ」

そう言いながら、竜吾はカボチャからぐっと、出刃包丁を抜き取った。その刃とマリオを比べて、少しだけ、青ざめている。

「ケガは？」

「するわけないじゃない」

「なにを、作ろうとしたんだ？」

「スープ」

「なるほど」

竜吾はうなずいた。

「それで？　おまえは、作り方を知っているのか？」

「カボチャとたまねぎとベーコンを切って鍋に入れて、少なめの水で煮て、柔らかくなったら潰して固形スープと牛乳を入れてフツフツするまであっためる」

竜吾は深いため息をついた。なんで？　どうして？

「……合っている。だが、おまえ、ケガでもしたらどうするんだ。おまえの手は、ギターを弾いたりキーボードを演奏する手なんだろう」

そう言って、手を取られた。竜吾が手をさすってくる。

うーん、くすぐったい。

「スープぐらい、できるよ」

主張するのだが、竜吾は「そうだな」と言ったくせに、カボチャをいったん、電子レンジにかけた。それから、温度を確かめて渡してくれる。

「カボチャが硬いときには、こうしろ」

「それでいいんだ」

「手を切るよりマシだろう。いいか。当分は、俺の見ていないところで包丁を持つのは禁止だからな」

「そんな。竜ちゃん、過保護すぎ」

竜吾は、マリオに確認する。

「おまえ、飯を食っているときでも、時折遠い目をしてメロディを口ずさんだりしてるよな。料理しているときに、いい曲が浮かんだら？　そうならない保証はないだろ。危ないだろ？」

「うう」

ぐうの音《ね》も出ない。

「そら、もう、いいぞ。俺がやろうか。どのくらいの大きさに切ればいい？」

「俺、やってもいい？　俺さ、昨日、竜ちゃんにとっても優しくしてもらったから、俺も、竜ちゃんにお返しをしたいんだよ」

竜吾が、マリオを抱きしめてきた。

「竜ちゃん、危ない。包丁近くにあるのに」

「すまん。おまえが、愛《いと》しすぎて。俺こそ、昨日は、おまえにふれることができて、幸福でたまらないのに。おまえは、いっそう、それ以上のものをくれるんだな」

うわー、これ、なに。ただでさえ、ご機嫌なのに、さらに膨れあがって、どうしよう。

雪玉をころがすみたい。

たくさん雪を纏《まと》って、また、こちらに返ってきて。かかえきれないくらいなのに、でも、いっそうたくさんになる。

「ふふ」

マリオは笑えてしまう。

「うん?」

「いいな、こういうの」

「マリオ。すべて片付いたら、そのときには……」

「うん?」

「いっしょに、住もうな」

「うん」

「即答だな」

「だって、そう言ってくれるのを待ってたんだもの」

「おまえの親父さんには、いやな顔をされるだろうが」

何度も家に挨拶に来ている竜吾だが、マリオの父親には会うことを断固拒否されている。

「うーん。わかってもらえるなら、それでいいし、わかってもらえないなら、しょうがないよ」

「いさぎいいな」

今回のことで、わかったことがある。

「俺たちの命は、無限じゃないんだもん。いつかは、終わる。それが、一瞬あとか、数十年あとかはわからないけれど、とにかく、有限なんだから。それまでの間、お父さんの顔色を窺《うかが》って、竜ちゃんと会うのを控えるなんて、いやだ。俺は、竜ちゃんと過ごしたい。それが、俺の望みだよ」

「そうか。それを聞いて、安心したよ。もう、遠慮しない。俺と生きてくれ」

竜吾といっしょに住む。そうなったら、どんなに楽しいことだろう。

「毎日が、極楽だよ」

「極楽か」

「うん。竜ちゃんは知らないんだよ。俺が、竜ちゃんにどんなに救われているか。毎日、楽しい。毎日、嬉しい。毎日、幸せ。ずっとずっとだよ」

「ばかだな。それは、俺のほうだぞ。おまえがいると、俺は、笑い通しだ。寒い中、凍《こご》えていたところに、暖かい部屋に通されて、ストーブに当たれと言われている気持ちになる。毛布をかけてもらって、温かいココアを入れてもらう。手足がじんじんして、ゆっくりほどけていく。そんな心地だ」

カボチャはあっちに置いておいて、向かい合う。

「つらかったんだよね」

「母親のことは、いつか、話そうと思っていたんだが」

「勝手に聞いちゃって、ごめんね」

「いいさ」

「それは、前の俺は知ってるの？」

「知らないだろうな」

「ふーん」

ふふんと、マリオは優越感に浸る。少なくとも、ひとつは自分だけが知っていることがあるんだ。

「おまえ、そんなに気になるか？」

「なるよ」

当たり前だ。

「じゃ、竜ちゃんは平気？　もし俺が前の竜ちゃんとキスしたり、それ以上のことをしていたとしても、同じ自分だから許せる？」

竜吾の動きが止まった。手を額《ひたい》に当てて、彼はうめいた。

「許せないな」

「でしょう?」

「おまえは、心が広いな」

「前の俺だって、一生懸命竜ちゃんのことを幸せにしようとしていたからね。だから、しょうがないなって思うようになった」

「ありがとう」

「それに、俺にはこれからがあるからね。ずっと、竜ちゃんといるし」

竜吾は、微笑んだ。

「そうだな」

二人は抱き合った。小鳥の声はやんでいる。

なんだか、世界で二人きりみたい。

あまりにも静かだった。

あまりにも完璧だった。

なんだか、恐いぐらいに。

「あれ?」

朝だというのに、急にキッチンが暗くなっている。コンコンという鋭い音に窓を見る。それは、枝が窓を打っている音ではなく、小さな氷の粒、ヒョウなのだった。

電気をつけないと、足下が心許《こころもと》なくなるくらいに、暗い。

「なんだ、これ。こんなんなるって言ってたっけ？」

天気予報を確認しようとするのだが、携帯の電波は圏外だった。

「圏外とか、あり？　いまどき？」

窓のほうにかざしてみるが、同じだ。

「おかしいな。昨日はつながったのになあ」

遠くから、電話の鳴る音が聞こえてきた。このホテルは、電話回線が切られているって言ってなかったっけ？

「どうして？」

「なんだ？　音が……」

電話の呼び出し音は止まった。また、鳴る。今度は廊下から。止まって、鳴って。それは、じょじょに近くなる。寝室から音がして、止まった。

「なに、どういうこと？」

とうとう、キッチンの壁にある電話が鳴った。

竜吾はぐっと電話を睨《にら》んでいたが、受話器を取る。

「はい……」

スピーカーにしてくれたので、音声が響いてくる。

『俺だよ、オレオレ』

こんなところまで、オレオレ詐欺？　と思ったのだが、声をよく聞くと、千春さんだった。

竜吾が息を吐く。安堵《あんど》したかのようだった。

「なんだ、兄貴か。どうしたんだ？　ていうか、この電話、通じたのか？」

『今、俺たちはホテルのフロントにいるんだよ。内線を通じて通話してるんだ。いいか、よく聞け』

「なんだよ、千春。声が恐いな」

ばらばらと窓をヒョウが叩いている。

『ホテルの設計図が出てきて、判明したんだが、ミカエルの間ってわかるか。大ホールだ。あそこの真下に、防空壕《ぼうくうごう》があったんだよ』

「防空壕？」

竜吾とマリオは、顔を見合わせた。

「竜ちゃん。防空壕って、戦争のときに掘ったトンネルだよね」

「ああ、よく知ってるな。だいたい合ってる」

『それが、ミカエルの間に出られるようになっている。外部からも入ることが可能だ。防空壕には札を貼っていない』

「それって、まずいんじゃ」

『私たちも、そちらに向かいますが、まずは対処してください』

芥川の声がする。

このホテルは、大時代的で、とにかく増築増築、改築を繰り返しただけあって、やたらと入り組んで広い。おまけに山の斜面に作っているので、階段があり、入り組んでいる。フロントからここまで、どのくらいかかるだろう。

「対処って言われても、俺は悪魔祓いなんてできないですよ」

『大丈夫です。このときのために聖水を冷蔵庫に入れておきました』

そう言った、芥川の声は自慢げだった。

「聖水？」

マリオは、冷蔵庫を見てみる。

「もしかして、これ？『富士山のおいしいお水』って書いてあるんだけど」

『それです』

ほんとかい。

「キャップ、あいてないし」

『底を見て下さい』

言われて、マリオ、従う。そこには例の梵字みたいなものが書かれたお札が貼られてあった。

「ミカエルの間の、どこだ？」

竜吾は、エコバッグに、『富士山のおいしいお水』という名の聖水の二リットルペットボトルを詰めていく。

『入って右奥のテーブルの下です。とりあえず、ありったけの聖水を撒《ま》いておいてください』

「わかった。……マリオ、おまえはここにいろ」

「ぜえええええったいにいやだ。どんなことがあったって、俺は、竜ちゃんといっしょにいるって決めたんだからね」

竜吾は、ふっと笑って、マリオに片手を差し出した。

「わかった。行こう」

ホテル別館の廊下を二人、進んでいく。

ヒョウが窓を割らんばかりに叩きつけられている。ものすごい音がしている。昔、罪人に石を投げたっていうけど、そうされているみたい。がんがん、がんがん、窓が揺すられて音を立てている。恐い。

俺たち、なにも悪いことしてないよ。ただ、好きになっただけだ。ただ、互いが欲しいだけだ。

それだけだ。

それって、いけないことなのかな。そんなわけ、ないだろ。

ミカエルの間に着いた。

真ん中には、芥川が描いた魔法陣がある。竜吾は右奥に進んでいった。

竜吾は、ペットボトルを取り出した。そのとき、床から震動が伝わってきた。マリオは竜吾にしがみつく。

「竜ちゃん、地震?」

「違う、あいつだ。俺にはわかる」

竜吾はペットボトルをあけて、水を撒いた。だが、遅かった。

ぼこっと床がへこみ、穴があく。そこから、指が覗く。悪魔だ。

「ずいぶんですねえ」

ずるずると彼が穴から這い出てくる。竜吾が彼に水をかけるが、じゅうと肌が溶けただけだった。

「回収日に逃げただけでなく、こんなものまで浴びせるなんて。人間は、ひどい」

そう言って、悪魔は立ち上がった。薔薇《ばら》の模様のスーツ。細い体軀《たいく》。ああ、こんな顔をしていたのかという印象の薄い顔の半分は溶けて、化粧を落としたみたいに、そこからどす黒い肌の色が見えている。きっと、これが本正なのだろう。

「ラクリマは、利子をつけて、いただきましょう」

「俺は事故なんて起こしていない」

「おや、そういうことを言いますか」

悪魔は、契約書を出してくる。

「遅いんですよ、遅いんです。このように、契約書にサインをしたじゃないですか。私も、甘かった。反省していますよ」

悪魔には白目が全くない。あらわれた肌はぬっちゃりとしている。なめくじみたいだ。目がギロリと動いた。こちらを見たのだとわかる。

「まずは、回収から行きましょう」

手がかざされる。

「……！」

マリオの中に、一気に苦痛が流された。

今まで、たいていの苦痛は、知らないふりができた。感じていないふうを装うことができた。だが、これは、ひどい。つらい。

「く、う、わ……」

言葉を発することさえ、できない。骨身に染みるという言葉があるけれど、骨の芯に、ぎりぎりと錐《きり》を突き刺されているみたい。それが一カ所ではなくて、全身で、さらに、心臓をしめつけてくる。立っていられなくて、床に膝をつく。

「マリオ！」

悪魔がうっとりした声を出す。

「いい悲鳴です。あの方に差し出すのにふさわしい。あなたの魂の傷、そこからしたたる雫は、どうしてこんなに美しいのでしょう」

そう言って、悪魔は手を出す。そこには、宝石のような粒がいくつも浮かんでいた。そのひとつひとつが、竜吾の魂の傷から流れた雫であるのだ。

やだやだやだ。俺、決めたんだ。竜ちゃんのことを幸せにするって。そして、二人でずっと過ごすって。

ああ、思い出す。前の俺もこんなふうに苦しかった。竜ちゃんの愛で、俺は満たされ切っていて、愛の言葉をもらうたびに、抱きしめてもらうたびに痛くて、そのぶん、嬉しくて。

もう、だめかもしれない。

マリオは覚悟を決めた。

「竜ちゃん、ごめん……」

でも、言っておきたいことがある。必死に言葉を紡《つむ》ぐ。

「でもね、わかった。俺、前の俺、すごく満ち足りてた。悔しいけど、そう。今の俺が、そうだから、わかる。竜ちゃんに、大好きな俺を三回も失わせて、ごめん。俺のこと、こんなに大好きなのに、そうなっちゃって、ごめん」

何を言っているのか、伝わるかも、わからない。

心臓が、こっこっと、おかしなふうに鼓動を刻む。止まる寸前なのが、わかる。

「大丈夫ですからね」

こんな場にふさわしくない、陽気な声。悪魔だ。

「これが最後だなんて、ないですから。また、時間を巻き戻してあげましょう。そして、また、新たな苦しみが湧くのです。何回でも、何回でも」

カチッと、金属がすれる音がした。悪魔がまた何かしたのかと怯えながら、マリオはそちらを向く。だが、悪魔ではなかった。

「な、に……」

竜ちゃん、なに持ってるの。銃なんて、どうして。

「私にそのようなものは、通用しませんよ」

「わかってる」

いやな予感。いやな予感。だめ、そんなの、だめ。

「母が、どうして俺をかばったのか、わからなかった。俺の記憶の中の母は、血まみれなのに、笑っている。なんで、もう、自分は助からないのがわかっているのに、笑えるんだとふしぎだった。だが、俺は知った。俺も、マリオのためなら、この命なんて、惜しくない」

竜吾がかがんで、マリオの頬をそっとつまんだ。

そうされると、めちゃくちゃに痛い。愛されているのが、わかるから、痛い。でも、嬉しい。ぼろぼろ涙が出てくるのだが、痛いせいなのか、それとも嬉しいからなのか、もう、わからない。

「りゅうちゃ……」

その銃はなに。なにを言っているの。やめて。やめてよ。ミカエルの間に、芥川と千春が、飛び込んできた。

「竜吾さん！」

「竜吾！　なにやってんだ、馬鹿なことはやめろ」

二人が口々に言う。

「ずっと考えていたことだ。契約者である俺が死ねば、マリオは解放される」

芥川が止める。

「あなたの魂が、地獄行きになりますよ！」

「望むところだ」

竜ちゃん、竜ちゃん、やだ。それだけは、やめて。俺、痛いのもつらいのも苦しいのも平気。竜ちゃんがいるなら、平気。何回だって、巻き戻していいよ。何度だって、つらくしていいよ。だから。やめて。やめて——！

「ごめんな。こんなことを言う俺を嫌いになってもいいが、マリオ、おまえは、生きろ。生きて、歌って、いつかは、笑ってくれ。勝手な男だな、俺は」

そう言うと、ためらわずにこめかみに銃口を当てた。指に力がこもる。銃声がとどろいた。

「竜ちゃん！　いやだ！」

マリオの口から、獣みたいな声が出た。

そのときに、時間が止まった。そして、きゅいっと音がして、ほんのちょっとだけ、戻った。録画再生のときに、十秒逆スキップするみたいに。

「え？」

ぱんぱんぱん。手を叩く音がした。

「ちょっと、困るんですよ。帳簿にないことをされたら」

「は？」

最初、マリオは彼のことをホテルの従業員かと思った。きちっとスーツを着ている。眼鏡《めがね》をかけている。七三分けで、事務用の腕カバーまでつけていた。

男は、魔法陣に立っている。

区役所でこういう人、見たことがある。

苦痛がなくなっているのに、マリオはようやく気がついた。

竜吾が、だらんと腕を下げている。手から、銃が落ちた。それは、羽根みたいに軽く、ゆっくりと床に着地した。

「竜ちゃん！」

竜吾は口を半開きにしていた。何が起こったのか、わかっていないようだったが、生きていることには間違いない。

「竜ちゃん！　竜ちゃん！」

マリオは、竜吾にがばっと抱きついた。竜吾に反射的に抱きとめられる。

あったかい、竜ちゃんの匂いがする、生きてる。

「よかった、竜ちゃん……」

竜吾はそっと腕をほどくと、マリオをかばうように前に立つ。

「何が、起きたんだ……？」

「なんだ、あんた、なんだよ」

悪魔に言われて、男はふうとため息をつく。魔法陣から歩いてきて、悪魔に指を突きつける。

「悪魔ふぜいがよくしゃべりますね。管轄違いに手出しされて、こちらとしては、かなり困っているのですが。イレギュラーな死者を出されると、帳簿の書き換えが面倒なんですよ」

そう言って、彼はタブレットを出してくる。

芥川が近づいてきた。

「魔法陣から出てきたということは、もしかして」

「そうです。あなたたちが言うところの、死神です」

千春は動かない。ストップモーションがかかっているかのようだ。

マリオはつぶやく。

「死神……。死神……？」

俺の思っていたのと違う。こう、マントは？　鎌は？

「困るのですよ。こちらの帳簿と違うことをされては。数十年は早い」

「ああ、じゃあ、やっぱり。越権行為ってことですね」

芥川は嬉しそうだ。

ということは。俺たちの予測は合っていたってこと？

「俺、事故で死んでない。ねえ、俺、死んでないよね？　死神さん」

必死に話しかけているマリオに、死神は淡々と答えた。

「ええ、あなたもそちらの方も、驚くほどに長く生きますよ」

「……だって。竜ちゃん。竜ちゃん」

竜吾は黙ったままだ。千春さんみたいに時間が止まってしまったのかと思ったのだが、そうではなく、ただただ、呆然《ぼうぜん》としている。

「竜ちゃん？」

「俺は、生きてるのか」

そう言って、竜吾は手を持ち上げた。その手は、震えている。

「は。威勢のいいことを言って、ざまあないな。今さら、恐くなってきたよ」

「いいんだよ。いいんだ、恐くて当然だよ。よかった。ほんとによかった」

「私が止めなかったら、どうなっていたことか。気をつけてください」

そう言ったのは、死神だ。悪魔が大声で主張してきた。

「ちょっと待った。私には、契約書があるんですよ。この人は、合意で契約したんです。これは、死神といえども、覆《くつがえ》せないでしょう」

竜吾が言い返した。

「その契約の前提として、マリオの命を取り戻せるならというのがあったんだ。それが、おまえの仕組んだことで、ほんとうは生きているなら、契約自体が無効になる」

「いいえ、契約は有効です。さ、時間を巻き戻しますよ。私は優しいですからね」

マリオは、竜吾の服をぎゅっと摑んだ。

どこに行っても、とにかくこれは離さない。

死神は、あきれたように言った。

「これだけはやりたくなかったんですけどね。こちらも、知ってしまったからには、なかったことにはできません。そう言うなら、あなたの上司に直接、話しましょう」

悪魔が、悲鳴をあげた。

「それだけはやめてくれ。あの方にだけは、勘弁してくれえ」

死神は、携帯電話を取りだした。

あ、携帯を持っているんだと思ったけれど、それはかなり大きかった。悪魔はメッセージアプリをよくわかっていなかったし、死神の携帯はでかい。時間の流れ方が、違うのかもしれない。

もしくは、人間世界の流れ方が、早すぎるのかもしれない。

「……もしもし。そうですよ。おたくの不始末です。ええ、道は開いてますから。話しあいましょう」

死神が携帯をしまったそのときに、魔法陣の真ん中に煙が立った。

どんな悪辣《あくらつ》な面構《つら》えのやつが出てくるのかと思ったのだが、そこに立っていたのは、ホストはホストでも、カリスマ級の美形だった。今、死神から連絡を受けたであろう携帯を片手にしているのだが、つい最近出た機種である。

さらりとした髪は長くつやつやしていて、白いお肌に、屈託ない微笑み。悪魔というよりは天使のようだ。

「ごめんねー。このたびは、うちのがご迷惑をおかけしたみたいで」

「困るんですよ。このようなことをされては」

死神と悪魔の上司は顔見知りのようだった。二人が向かい合うと、区役所の事務員とカリスマホストみたいで、不釣り合いそのものだ。

悪魔がわめいた。

「でも！　あなたが！」

ホストふうの上司は、悪魔のほうを向いた。

「そりゃあ、私は、甘い雫《ラクリマ》は大好きだよ。でも、おのおの管轄ってもんがあるからねえ。ズルはだめだよ」

「私、私は！　あなたに喜んで欲しくて。だって、あんなところ。あんな辺鄙《へんぴ》なところに飛ばされて。魂を売ってくれる人なんて、いるわけないじゃないですか。私は……私は……」

悪魔の世界も、とんだブラックのようだ。この上司、優しげに見えるけれど、きっと鬼だ。今回のこれだって、死神から苦情が来たから撤回するだけで、そうじゃなかったら知らんぷりしたと思う。

優しげな顔をしているけれど、この人こそ、本物の悪魔だ。

そういえば、千春さんに似てる……。

当の千春さんは、ストップモーションのままだけど。

ぬらぬらした悪魔は、その場に泣き崩れた。床までぬらぬらするんじゃないかと、マリオは心配になった。そこに、上司がひざまずく。

「そういうところだぞ？　うん？　おまえは、辛抱が足りないんだよ。おまえには、時間だけはあるんだから、ね？」

「はい……。あなたが、そう、おっしゃるなら……でも、もうちょっと、実入りのいいところに異動させてくださいませんか？」

「んー？　実績のない子は、だーめ。もっと私に貢《みつ》いでくれないとね」

うう。実績がないといい場所に行けなくて、いい場所に行けないから実績がなくて、堂々巡りだ。かわいそう。ぬらぬら悪魔、かわいそう！

俺と竜ちゃんにしたことは、一切、許す気がないけど！

上司がこちらを見た。

ひたりと視線が合う。

――すごい……きれいな目……。

ゆらゆらと瞳がさざ波だっているかのようだ。オパールみたいに、色が混じり合っている。じっと見てると引き込まれそうになる。ずっと見ていたくなる。やばい。

上司は、こんどは竜吾の目を覗き込んでいる。竜吾は不愉快そうにそれを見返す。

「だめ、竜ちゃん。あんまり見ちゃ」

相手は超・千春さん級の悪魔なんだ。魅入られちゃう。上司は言った。

「きれいな魂だ」

どきどきするほど、透き通った声だった。

「悪魔に魅了されちゃう！」

そう言うと、上司は笑った。

「大丈夫だよ。心配しなくても。彼はきみへの愛でいっぱいだからね。だからこそ、堕《お》としてみたくなるけど」

「すまんが、俺にはマリオだけなんだ。そして、悪魔と二度と取り引きする気はない。ろくなものじゃないことが、よくわかった」

「ふふふ、冗談ですよ。いやだなあ」

嘘だ。ちょっとでも揺れたら、なんかしようとしたに違いない。俺の、竜ちゃんなのに。

ごほんと咳払《せきばら》いが聞こえた。芥川だった。

「では、今回の契約は無効ということで、よろしいでしょうか」

「ええ」

まだぐずぐず言っている悪魔に、上司が優雅に手をさしだした。

「ほら、出しなさい。悪い子だ」

ぬらぬらした悪魔が、金髪上司に契約書を渡した。鏡文字のラテン語なんて、読めるわけもないけれど、芥川と竜吾が確認してうなずいたから、本物なのだろう。

「では、このように」

上司の手のひらで、契約書は燃やされ灰になった。ぬらぬら悪魔はうらめしそうに、灰を見ている。

死神が言った。

「取り返しのつかないことになる前に、止められて、よかったですよ」

マリオは聞いてみた。

「取り返しのつかないことになったらどうなるの？」

「帳簿のほうを書き換えることになりますね」

さらっと言ってくれる。でも、それって。

「もしかして、竜ちゃんが危なかったってこと？」

かなり、やばかったのでは。

死神にとって人間の命なんて、そんなもんなんだなあ。書き換えるのよりも、契約破棄のほうが面倒がなかったから、今回は出てきてくれただけで。

「なんで、マリオを巻き込んだんだ？」

悪魔の上司に文句を言っている竜ちゃんもすごい。上司も、ていねいに答える。

「あなたの魂が美しい雫を流すのは、ただ、彼のためだけだからですよ」

それにしても、ほんとにきれいな人だなあ。チャペルのステンドグラスにこんな人がいたけど。

「あなた、悪魔なんですよね？」

彼は、微笑む。

「そうですね。きみたちは、そう呼びますね。悪魔とも、天使とも。私は、魂を試す者です」

芥川が、手を開く。

「じゃあ、そういうことで。手打ちにしましょうか」

ぱんと彼が手を打つと、悪魔たちも死神も、弾《はじ》けたように消え失せてしまった。まるで、元からなかったみたいに。

「竜吾！　考え直せ！」

千春が竜吾に飛びつく。それから、様子がおかしいことに気がついて、動作を止めた。

「ん？」

銃は、床に落ちている。

「んん？」

竜吾が肩をすくめた。

「なに？　どういうこと？」

芥川が言った。

「終わったんですよ、全部」

右奥テーブルの床には、穴があいている。ナメクジが這ったような粘液の痕《あと》がある。だが、すべては消え失せた。

「終わったのか？」

竜吾が、信じられないというように、口にした。マリオはうなずく。

「うん。そうみたい。ほら、見て」

そう言って、マリオは大ホール、ミカエルの間から外を指さした。大きく窓が取られていて、光が降り注いでいる。

ヒョウはやんでいた。見えるのは、虹。

「虹は、和解のしるしと言われていますね」

マリオは、がくっともたれてくる竜吾の重みを懸命に支えた。重い。竜吾の愛の重みだ。

「もう、終わったのか。おまえに愛を語ってもいいのか」

「語って、語って」

「許されるのか」

「うん。たくさん、言って。降るほどに、あふれるくらいに、言って」

「いつだって、おまえは、愛しい。俺を気遣ってくれて、明るくて、強くて賢く、忍耐強い」

芥川と千春が、そっと出て行ったけれど、目に入っていない。

「言っておくけど、俺が頑張れるのは、竜ちゃん限定だから」

そう言ったら、ほっぺたをふにふにとつままれた。

えへへと、マリオは笑う。

「愛し合えるのって、いいね。伝え合えるのって、最高だね」

「そうだな」

竜吾が、手を離すとキスをしてきた。マリオは踏ん張ろうとしたが、倒れてしまう。倒れたマリオの上にのしかかるように、竜吾が重なり、唇を合わせてきた。

「好きだ」

「俺もだよ」

ずうっと、わかっていたのに。わかりきっていたのに。

言えなかった言葉を。今こそ、たくさん、たくさん、ちょうだい。

次の週末に、話は飛ぶ。

夜に、マリオは自宅の玄関でブーツを履いていた。ちょうど、帰宅した父親とかち合ってしまう。

「おまえ、こんな夜に、どこに行くんだ」

マリオは、父親を見上げる。それから、立ち上がって胸を張ると、宣言した。

「竜ちゃんち。今夜は、泊まってくるから帰らないよ」

「マリオ。そんなつきあいが、いつまでも続くはずがないだろう。終わったときに、時間は巻き戻せない。後悔するのは、おまえなんだぞ」

「ごめんね、お父さん」

マリオは、父親に向かって言った。

「きっとこれが、お父さんだったら、後悔するだろうって思うんだ。そもそも、竜ちゃんを俺みたいにには好きにならないよね。でも、俺、竜ちゃんのことを好きになって、後悔したことなんて、一回もないの。どんなにつらくても、痛くても、心臓が止まりそうになっても。泣いても、苦しくても。それでも、俺、竜ちゃんのことを好きになってよかったって、そばにいられて嬉しいって思ってる。これってすごくない？」

育ててくれてありがとう。それは、感謝している。でも、俺は俺だから。

玄関先に飾ってある兜《かぶと》の置物を横目で見る。それをつんと指でつついた。

俺は、こうはなれないし、それでいいんだよ。

「後悔なんてしないよ。できないんだ」

俺、わかったんだよ。俺の未来は竜ちゃんにしかないって。

「ごめんね。お父さんが気に入るような俺じゃなくて」

お父さんのことが、俺、好きなんだ。だから、好きになってもらえる自分になりたかったんだ。だけど、なれないんだ。

どうしても、なれないんだ。

それは、どうしようもないことなんだよ。

都内。

ＪＲの駅から徒歩五分ほど。ビルの外階段を必死に大きなスーツケースを持ち上げている小柄な人物がいた。ともすれば、そのスーツケースといっしょに転がり落ちそうになりながら、ずりずりと渾身の力で引き上げていく。

身長は百六十五センチほど。襟元がフェイクファーのジャケットに革のパンツにブーツ。その中で細身の身体が泳いでいる。

「はあ、はあ」

マリオは、バー「ボタン」に、スーツケースを運び入れて、「こんばんはー」と芸人の出のような挨拶をする。

「いらっしゃい、マリオちゃん。久しぶりね」

「うん。いろいろあったんでね」

マリオは、よいしょとハイチェアによじ登る。足をぷらぷらさせながら、頬杖《ほおづえ》を突く。

「ミモザちょうだい。いいよ、おごりじゃなくても。ちゃんと自分で払う」

ママが、嬉しそうに言った。

「マリオちゃん。竜ちゃんと仲直りしたのね？」

仲直り？

いや、そもそも、喧嘩《けんか》したとかじゃなくて。

俺の命を救うために、竜ちゃんはやすっちいホストみたいな悪魔と契約して、竜ちゃんからラクリマとかいう悪魔が大好きなものを回収するためには、俺をいじめるのが効率的で、そのせいで二回も死んで、時間を逆戻りしてきて。そいで、二人でがんばって、がんばって、千春さんと芥川さんの力も借りて。契約が元から成立しないことを証明して、破棄してもらって。

それで、ここにいる。

……わけなんだけれど。

他人に説明しようとすると、奇天烈《きてれつ》すぎてむり。

なので、マリオは無難にこう言った。

「うん、まあ、そうかな」

俺も、おとなになったよねとマリオは思う。ママは喜んでくれた。

「よかった。お似合いの二人ですもの」

うわ、なんて嬉しいことを言ってくれるのだろう。

「そう思う?」

「ええ、思うわよ」

えへへーとマリオは笑った。

「じつはさ、今日、これから竜ちゃんところに泊まるの」

「あらまあ。ごちそうさま」

「やっとだよ。やっとこさっとこだよ」

出されたミモザに口をつけ、マリオは夢想する。

これから、竜吾が来る。この隣のハイチェアに座る。自分だったらよじ登るこの椅子に、竜吾は軽々と腰かけるだろう。そして、「マリオ、待ったか?」って優しく言って、この頬をつまんでくれるだろう。

「よう」

すとんと、男が隣に座った。

竜吾ではなくて、千春だった。

「千春さん」

千春にはいずれ礼を言わなくてはならないと思っていた。

だから、会えて嬉しいのが半分、竜吾じゃなくて残念なのが半分だ。

「このまえは、ありがとうございました」

深々と頭を下げる。

いかに不憫《ふびん》な弟のためだとしても、千春の実行力なくしては、今回のことは解決しなかった。感謝してもし足りない。

「いいって、いいって。お礼を言われるためにに来たんじゃないんだよ。ただ、どんな顔してるのかなあって、見に来ただけ」

「もう、趣味悪いですよ」

「そのぐらい、許してよ。あーあ」

千春がジンベースのカクテルをオーダーしてから嘆く。

「あのとき、俺だけいちばんいいところを見られなかったのは、残念無念だよ」

「見なくてもいいですよ、あんなの。最後にはぬらぬらだったんだから」

ぬらぬら？　ママが耳を傾けている。違う意味のぬらぬらだと思ったのに違いない。口元に手を当てていた。目がいたずらっぽく輝いている。

そんな、色っぽいぬらぬらじゃないんだよ、すみませんと、マリオは心中で謝る。

「千春さんが、後片付けしてくれて助かったよ。床に穴あけちゃって、ホテルの人、怒ってなかった？」

千春は首を振った。

「建物の真下にある防空壕をそのままにしておいたことを責めたら、黙ったよ」

目に浮かぶようだ。丁々発止《ちょうちょうはっし》のやりとりだったのに違いない。

「さすが、悪徳弁護士だね」

千春は苦笑する。

「マリオちゃん。それ、ぜんぜん褒めてないからね。今日、これから、竜吾が来るんでしょ？」

「うん。はー。緊張しちゃう」

「今さら？」

「だって、前の俺とは違って、今回の俺は今日が初めての夜になるんだよ？」

「そうなん？」

「そうなの」

竜吾は悪魔とのあれこれのせいで時間をとられ、そのぶん仕事が溜まっていて、残業している。自分も、いろいろやることがあって、今日になってしまったのだ。

「3Pが必要だったら言ってくれても、いいんだよ？」

千春さんは、冗談で言っているのだろうけど。けど。お願いしますと言ったら、嬉々《きき》としてノリノリでやってくれそうで、なんだかすげーいやだった。

俺が、抱きしめてもらいたいのは、竜ちゃんただ一人なのに。心が動いて、泣きそうになるのは、竜ちゃんだけなのに。

マリオはささやく。

「千春さん。竜ちゃんに知られたら、怒られるよ。なにせ、俺にぞっこんラブなんだから」

「ぞっこんラブ。なかなか、古い言い回しを知っているな」

「うん。昭和の歌謡曲も聴くからね」

「千春。誰が3Pだって？」

いつからそこにいたのだろう。竜吾だった。竜吾は背後から、千春の耳を思い切り引っ張った。

「あいたたた」

「竜ちゃん！」

「さっきから、聞いてれば」

竜吾、マリオのもう片側の椅子に座る。彼は、ノンアルコールビールを頼んだ。

「竜ちゃん」

「久しぶりだな、マリオ」

「うん」

「会いたかった」

「俺もだよ」

千春がぶつくさ言う。

「おいおい、俺のことは目に入ってないのかよ」

もちろん、入っていない。

「好きだ」

「うん」

痛くない。ただ、ただ、甘い。

「好きで好きで。好きだ。さわってもいいか」

「たくさん、どうぞ」

マリオは嬉々として、その頰を竜吾のほうにさしだした。

竜吾は、マリオの頰をつまむ。

「柔らかいな」

そして、頰を手のひらで撫でてきた。

じーんと奥のほうまで響いてくる。竜吾だけに開かれる部分があって、そこがじんじんと疼いている。

「おまえとこうすることを、俺は、どんなに夢見ていたことか」

「俺もだよ。嬉しいよ」

ノンアルコールビールを出したママが、半分あきれている。

「あんたら、早く帰ったらどう?」

千春が、ママのほうに向いた。

「俺は二人の分まで飲んでいくよ。ボトルを入れてくれる? この店で一番高いやつ」

ママが、愛想を振りまく。

「うふふ、了解! 男前ね。大好きよー」

マリオと竜吾は立ち上がった。マリオのスーツケースを、竜吾が軽々と持つ。

「ありがと、竜ちゃん」

「いいさ」

そのときに、マリオにメッセージが着信した。

「お父さんからだ。『今度、黒岩さんを連れてきなさい』だって」

竜吾が微笑む。

「じゃあ、ちゃんとご挨拶に行かないとな」

「そうだね」

つきあい始めてから一度も、竜吾の挨拶を許していなかったのに、えらい譲歩だ。なんでだろ。

竜ちゃんは廃業したあのホテルに行く前に、覚悟を決めたって言ったけれど、俺も覚悟が決まったってことかな。俺がもう決して動かないことがわかったから、お父さんが動いてくれたのかな。

「『いつがいいですか』……っと」

返信しながら、マリオは思う。

前と同じ日々、続きのように見えて、また少し、違っている。自分と竜吾が変わり、そして周りも変わっていく。

竜吾の部屋に来るのは、このまえの悪魔との鉢合わせ以来だ。あのときは、お先真っ暗だったけれど、今日は違う。

マリオはソファに腰を落として言った。

「今日は俺、お泊まりだね！　ね？」

「そうだな」

隣に座った竜吾が、微笑んで言う。

「わーい、わーい！」

はしゃいでいたのだが、急に黙ると、小さく縮こまった。肩を寄せて座っているマリオに、竜吾は心配そうに聞いてくる。

「どうした？　どこか痛いところがあるのか？」

ううん、と、マリオは首を振る。

「そんなんじゃないんだよ。でも、こう、きんちょーしちゃうの！」

「おまえが、緊張？」

そんな、珍しい動物を目の前にしたみたいな顔、しないで欲しい。

「だって、竜ちゃんはしたことあるかもしれないけど、俺は初めてなんだよ」

「そ、そうだな」

竜吾まで緊張し始めている。なんだ、この雰囲気は。

いざ決戦、みたい。

ピーンと空気が張りつめている。

思い切り引っ張った、ギターの細い弦《げん》みたい。弾《はじ》いたら、甲高《かんだか》い音がして、切れちゃいそうだ。

マリオは立ち上がった。

「俺、風呂に入ってくる！」

「おう」


広々とした浴槽に身を浸す。そのうち、竜吾と入りたいなあ、なんて思ったりする。

「今日、するんだー」

いや、嬉しいんだ。嬉しいんだよ。待ち望んでいたんだし。やっと迎えられたんだし。

前の俺はどうしてたのかな。

竜ちゃんと最初にするときに緊張しなかったのかな。近くにいたら、アドバイスしてくれたんじゃないかな。って、ばかなことを考えてる。

——レットイットビーだよ。

ふっと、そんな言葉が浮かんだ。

レットイットビー。なすがままに。

ビートルズのちょー有名曲のタイトルだ。

「え、なに、今の」

自分じゃない。風呂で立ち上がる。

ふっと、自分の中から、なにかが消えた。

「え、え?」

なんだろ、今の。

きっと、俺だ。

夢にしか現れなかった俺だ。前の俺だ。

今日だったんだ。今日、力尽きて、前の俺は、死んで、竜ちゃんは悲しんで、巻き戻ったんだ。

俺、寂しい。

大切な人がいなくなってしまって、悲しい。

今まで、あんなに、嫉妬して、むかついて、うらやましがっていたのに。あいつは、俺の中にずっといて、俺はそれを当たり前だと思っていたんだ。

記憶というにも頼りない、感覚の幻みたいなもの。それが、なくなってしまった。

これからは、俺は一人だ。くるんとループしていたところが、盲腸みたいに落ちてしまった。

竜吾が心配して見に来た。

「マリオ、風呂で溺《おぼ》れてるんじゃないか?」

「竜ちゃーん……」

「どうした?」

べそっと、マリオの目から涙が落ちている。

「今日だったんだね。前のマリオが、いなくなったの」

竜吾は、神妙な顔をした。

「ああ、そうだ」

「俺、やなヤツだった。嫉妬深くて、いなきゃいいのにとか、俺が最初ならいいのにとか、ずっとそんなことを思ってた。でも、でも、あれも俺で。だから、あの」

わかってしまった。前の俺が、今の俺に嫉妬していたこと。そうしつつも、応援してくれたこと。竜ちゃんのために。

悲しいのか、悔しいのか、嬉しいのか。

もう、よくわかんない。

マリオは浴槽から立ち上がった。

「ねえ、竜ちゃん。身体拭くから、抱いてよ」

「ああ」

竜吾がバスタオルを持ってくると、マリオの身体をくるんだ。そのまま、ひょいっと抱えられる。

自分は、竜吾にとってみたら、どんなに軽いことだろう。

マリオは、背中に回した指で、竜吾のシャツを掴む。ああ、この匂いが好きだなあ。おかしくなりそうなくらいに好きだなあ。

竜吾は、彼の匂いがいっぱいに満ちた寝室に肩でドアを押して入っていく。マリオは、広いベッドにそっと落とされた。

「竜ちゃん」

マリオは、竜吾に髪を拭かれながら、言った。

「俺、これから、年食って、おっさんになったら、そうしたら、どうしよう。可愛くなくなっちゃうよね。それでも、竜ちゃんは俺のこと、好きでいてくれる？」

真剣に、それを心配して言ったのに、竜吾は笑った。

「えー、なんで。なんで笑うの」

本気で心配しているというのに。

これから、マリオはもう若くなることはない。年をとっていく一方だ。そうなったら、おじさんになっていく。

「マリオ」

慈愛に満ちた声音だった。

「あのな。俺が、若い子が好きなんだったら、高校のときのマリオに手を出しているはずだろ」

「……そうか」

「マリオの可愛さは、年齢でどうなるもんじゃないよ。おまえは、一生、可愛い。これから年を食って、おっさんになろうが、じいさんになろうが」

おっさんで可愛い俺。

じいさんで可愛い俺。

なんだ、最強じゃない？

おそれるものなんて、なにもなくない？

「長生きは死神のお墨付きだもんね。じいさんになっても、好きでいてくれる？」

そう言うと、竜吾は力強くうなずいた。

「おまえには、わからないだろうな。おまえが現れたときに、俺の人生は始まったんだよ」

「わかるよ。俺も、そうだもの。竜ちゃんがいたから、俺は、自分でいられるようになったんだよ」

唇をついばむ。キスが長く続く。

大切なプレゼントをほどくようにバスタオルをとりあげられる。そうすると、マリオは一糸まとっておらず、そのままの姿をさらけ出してしまう。

貧弱だなあ、薄っぺらいなあって自分の身体を見て思う。ちゃんと、竜吾は自分とできるのかなあって不安になる。

マリオは竜吾を見た。

竜吾はマリオを目を細めて見ている。満足そうに口元を緩めている。それは、どこか、獰《どう》猛《もう》な野生の動物のようで、だけど、恐いというよりも、どきどきする。ときめく。

ああ、これって、雄の顔なんだ。自分に対して雄になっているんだと感じると、感極まってしまう。

竜吾は自分のシャツを脱ぎ始めた。彼の体つきは、自分と、全然違う。

自分が草だとしたら、竜吾は堂々たる巌《いわお》だ。同じ人間の身体なのに、ここまで違うことに、素直な感動を覚える。

(俺たち、できるのかな)

マリオは、ここにきて臆してしまっていた。

(男同士だって、できるのは知ってるけど。でも、こんなに身体が違って、それでも、いけるもん?)

「恐いのか?」

竜吾が堂々としていることが、頼もしいけど、なんだか悔しい。前にしたことがあるせいだって思うから。

「安心しろ」

彼が、頬をマリオのそれに合わせてきた。髭《ひげ》を剃《そ》っていないので、こそばゆさを感じる。

彼が、喉の奥で笑みを噛み殺しているのを感じた。

「ちゃんと、入る。そして、おまえが、俺で愉《たの》しめることも知っている」

低い声で言われた。

竜ちゃんが、ものすごい、男の人で。そして、セクシュアルで。自分の背中に回ってきた指が肩甲骨の下をさぐっていて。その指が、熱くて。息も熱くて。

「ふ、ふわあああ」

どうしよう。

耳の下を舐《な》められて、「かわいいぞ」なんて、言われたから。

おちんちんが痛い！　べきべきに張り切りすぎて、痛い！

耳の下から、首の筋を通って、舌先は胸に到達する。座って抱きしめられたまま、胸を唇ではさまれて、きゅっと拳《こぶし》を握り込んだ。

「もっと、力を抜けよ」

「でも、でもー」

舌が、乳首に絡んできた。

「ん、ん、ん……っ」

力抜いてって言われても、こんなことされたら、やたらと力んじゃうよ。粘い音がして、大きくなった乳首が、竜吾の口の中に吸い込まれた。

「食べられちゃう」

ちっちゃな身体の一部なのに、自分が丸呑《まるの》みされているかのようだった。マリオは身体全部が、竜吾の舌に反応して、悶《もだ》えまくってしまう。

「あん、ああ……。も、」

「一度、いっておくか？」

「うん……うん……」

マリオは懇願した。

「このまえのあれ、して？」

廃業したホテルの部屋に二人して泊まったときの、あのやり方を、して欲しいというマリオのお願いを、竜吾は聞いてくれた。

「マリオも手伝ってくれるか？」

「うん……」

マリオが両手で二つのペニスを握る。その上から、竜吾が片手で握り込む。

マリオのペニスのくびれたところを、竜吾は自身のそれで突き上げてきた。

（どうして、こんなに、うまいんだよー！）

なんかこう、もっと、不器用な竜ちゃんと、初めてな自分とで、おろおろするところを予想していたのに、とんでもない。

（竜ちゃんの、むっつりスケベー！）

「あ、ああ……！」

もう、耐えられない。口が半分開きっぱなしになっている。呼吸が逼迫《ひっぱく》して、マリオは喉奥から高く声をあげた。

腰から奔流みたいに快感がほとばしる。

「ふ、ふわあ……」

いってしまった。自分だけが、いってしまった。

「もっとガマンしたかったのに、俺、早いー」

布で軽くマリオの腹の液をぬぐいながら、竜吾は嬉しそうに笑っている。

「これから、上手になればいい。二人して」

「うん……」

竜ちゃんが舌先で頰にふれてくる。

竜ちゃんは俺のほっぺた、好きだなあ。

「あ」

マリオは、背中がぴくりとざわめくのを感じた。

「竜ちゃん……」

竜吾のふれ方が違ってきていた。こねるみたいにされている。

「うまそうだな」

「うひー」

さらに、もぐもぐされてる。

あああ。俺の足までぴくぴくしている。髭がちょっとさわってくるのが、こそばゆくて、どうしたらいいのかわからなくなる。

「なんか、予想していたのと違う」

「うん？」

「竜ちゃん、余裕があるんだもん。慣れてるの？　たくさん知ってるの？」

竜吾がささやいてくる。

「おまえだけだ。おまえにしか、興味がないし、舐めたいと思わないし、ふれたいと思わないし、入れたいと思えない」

「なめ……いれ……」

低音でなんてことを。あああ、ぷしゅうううとなってきちゃう。限界だよ。

「俺、お餅みたいになってるよ」

「餅？」

何を言うのかというように、竜吾の動作が止まっている。

「そう、俺ね、お餅なの。さっきまで、ガチガチでぜったいにむりってなってたの。でも、今は、平気。蒸されてあったかくなって、どこまでも伸びていくみたいなの」

「ここもか？」

竜吾が、マリオの片方の足を持って、広げた。もう片方の手で腰を抱く。

「ん。ん。してみて。俺のいいとこ、わかってるんでしょ？」

「ああ、マリオ。おまえは、まずは」

竜吾の指が、尾骨から奥へとしのんでくる。そして、マリオが溶けきった身体なのをいいことに、人差し指の先端を中に入れてくる。

「入ってくる……」

「ここが、好きなんだ」

そう言って、くるんと指で中を撫でた。ぞぞぞわっと身体中の産毛がそよいだ。

「や、それ……なに？」

指は奥に入ってきて、さらに増えて。内側から前に向かってくりくりと押されると、そこに硬いものがあって、内壁ごしにさわられると、そのたびに一度射出した自分のペニスが睾《こう》丸《がん》ごとひくつくのがわかった。

「や、ああ、竜ちゃん。それ、やあ。いやあ」

「マリオが、一番好きなところだぞ」

「知らないもん。今度の俺はまだ、そんなの、知らないもん」

「ちなみに、俺も、ここが大好きなんだ」

そうささやくと、彼の指は、マリオの内部のその膨らんだ場所を押さえた。

「なあ、マリオ。想像してみてくれよ。俺のペニスの先端がな、ここまで入って」

竜吾の指先が軽く曲げられ、ふくらみに、引っかけるようにして何度も往復する。

「ここで、こんなふうにこすられるんだ。そのたびに、中が動く。そして、おまえはいい声を上げて、俺をたまらなくさせる」

「う、わー……」

なんだろう。

全身が反応してる。

口の中につばが溜まるし、肌は熱くなっている。竜吾に指を入れられているその場所なんて……粟立つ、みたいになってて。

早く早くって、期待している。竜吾が聞いた。

「して、いいか？　マリオ？」

「うん……うん……」

たまらないのは、竜ちゃんもだよ。

「して。お願い」

竜吾の言葉が嘘ではないことを、ほどなくマリオはいやというほど思い知ることになった。竜吾がそこを刺激してくる。彼の、あの、指に余るペニスが。自分の中に入ってきてて。さっきの、「いいところ」を手前に掻《か》き出すみたいに何度も押さえつけてくる。

「あああああん！」

大きく足を広げたまま、マリオは叫ぶ。

「出ちゃう！　出ちゃうよ！」

「いいぞ、いけ、マリオ」

ねじこまれて、ぎゅうって広げられてて。高ぶった自分の身体はどんどん引き絞られていくのに、竜吾の猛《たけ》りはいっそう増して、中を奥に向かって突き上げてくる。

「ふわあああ！」

そんなわけないのは、わかってる。あり得ない。でも、でも。

脳天まで突き破られそう。

「ああ……っ」

竜吾の腹にこすられて、マリオのペニスがぐちゅぐちゅと達する。

「あああっ！」

まだ、いっている。いき続けている。

マリオはシーツを摑んでねじる。

「マリオ……っ」

最高に色っぽい声を耳に残して、竜吾がマリオの中に精を吐いた。じわーっと彼が中に広がっていくときに、マリオは竜吾に染められたように感じた。


「あ、はあ」

たらりと白濁した雫が先端からしたたる。身を起こすと、芯などないかのように、マリオの身体はぐらんぐらんになっていて、竜吾に抱きとめられる。

「竜ちゃん」

「つらいとこ、ないか？」

「すごかったよ。なんだか、すごかった」

竜吾も、息が荒いのに、止まらないみたいに言葉を紡《つむ》ぐ。

「かわいい。俺は、おまえが、かわいくてたまらない。ばかみたいに、一つ覚えみたいに、かわいいと連呼して、なめてしゃぶって、食い尽くしたいくらいに、愛しい。おまえが、俺であえぐの、最高だった」

そう言って、盛大に、顔中にキスをしてくる。

「ねえねえ、竜ちゃん。俺、色っぽく、あえげてた？」

「かわいかった」

おかしくない？

色っぽくって言ったのに、かわいいって。

「なんだよお。もう」

マリオは軽く竜吾をはたこうと手を持ち上げた。その手を竜吾は持つと、指の先に唇をつけてきた。

「あったかい」

びっくんと、身体が反応した。これ、あれだ。色っぽいヤツだ。今したみたいなことに通じるやつだ。

いやいやいやいや。竜ちゃんは俺の指先にキスしただけだよ？　それなのに、なんだ、これ。静かな泉の水面に、一滴、たらしただけで、波紋が広がっていくように、俺全体が、感じちゃってる。

熱くなっている。

「うわー、俺、どうなっちゃったの？　なんで、こんなんなってんの？」

竜吾が、そんな、あたりまえのことを聞くんだなという顔をした。

ている。

「俺のものだからだろ」

ばしんと、雷に打たれたようにマリオには思えた。

「だから、感じるんだ」

竜吾は前髪が垂れている。それが、乱れていて。息が甘くて。そして、誇らしげな顔をしている。

マリオは、腑に落ちた。

そうなんだね。そうだったんだね。

「嬉しいな」

じわーっと芯から滲《にじ》むみたいに、温かみが、血管をくすぐりながら広がってくる。

竜ちゃんは俺のもので、俺は竜ちゃんのもの。

「あ、れ？」

なんか、すごい。気持ちいい。

「竜ちゃん、あのね。ここがじんじんする。心臓のところ」

「どれ？」

抱きかかえられて、心臓に耳を当てられた。竜吾はうなずいた。

「いい音だ。がんばって生きてる。マリオのために血を送り出している」

「うん」

俺、今日ね、自分の身体が好きになったよ。

竜ちゃんに比べれば、ほんとにけちょい身体だけど、でも、竜ちゃんの好きな身体で、竜ちゃんによく反応するんだもの。こんなの、世界中で俺だけだ。

胸の真ん中にキスをされた。その下の心臓が跳ねる。

どん、って。

心臓は、ハート。それが、愛する人のキスで跳ねる。竜吾の手のひらが確かめるように胸を撫でる。それが乳首をかすめると、あったまった全身に、ぎんぎんに響く。

これが、官能ってやつなんだね。キモチイイ。歓喜。喜悦。それが、血管を通って、身体をくすぐってくる。

うわ。震える。

高まる。内圧。

「う、ふえ」

竜吾の指が、マリオのペニスにからんだ。

竜吾がやや上体をうしろに倒す。マリオは、彼に馬乗りになるようにして腰を沈めた。

自分の腰を揺らして、うめく。

「あ、ああ」

さっきは入れるのに、けっこう苦労した。でも、もう、俺は、竜ちゃんのものだから。ちゃんと、竜ちゃんでたのしめるのを、知っているから。

「竜ちゃん、このまま」

「うん？」

マリオの膝に、竜吾の手がふれている。

「もっともっと、して。方法、あるんでしょ？」

「ああ」

マリオの両方の膝は、竜吾の手で高々と上げられた。

身体を曲げられて、竜吾が中に押し入ってきた。彼を受け入れることができる、自分の身体が好きだ。それで、彼を喜ばせることができる身体を持っているのは、最高だ。

深く、深く、身体を繋《つな》げて。

また、いっそうの、高みに導かれる。

「竜ちゃあん」

マリオは両手を差し出して、絶頂のキスの交換をねだった。

シーツを換えてもらって、シャワーした身体を横たえる。清潔なベッドに、パジャマで横たわって両の足をバタバタさせた。

いたした。いたしました。

「やったー！」

両手をグーの形にする。

竜吾が、マリオのほっぺたを軽くつまんでいる。

痛くない。それどころか、心地よいつままれ方だ。

「竜ちゃん、俺のほっぺが好きだよね」

「ああ、最初におまえがほっぺたを膨らませたときに、すごくさわり心地がよさそうだと思ったんだ。おまえの頰は、きめが細かくて、白くて、よく伸びて……──」

「やっぱり、お餅じゃん」

「俺のとは、まったく違っていた。こんなものが、この世にあるのかと思った」

手を離すと、「マリオ」と真剣な面持《おもも》ちで、竜吾が言った。

「無事でよかった。生きてて、よかった」

竜吾がそう、掠《かす》れた声で言う。

「うん」

がんばって、生き抜いてよかった。竜ちゃんのために。

そのままの俺のことが大好きな竜ちゃんのために。

竜ちゃんの好きな俺を失わなくてよかった。

俺じゃなきゃだめな竜ちゃんで、竜ちゃんじゃなきゃだめな俺なんだから。

「あー、ごめん。なんか」

勝手に涙が出てきた。竜吾がティッシュを渡してくれる。

「俺は、おまえを泣かせてばっかりいるな」

「いいんだよ。俺を泣かせることができるのは、竜ちゃんだけだよ」

竜ちゃんにだけ、俺の涙がとめどなく出るところを明け渡しているんだよ。そこはひどく柔らかくてもろくて、見せることができるのは、竜ちゃんだけなんだよ。

「じゃあ、そんなマリオにいいことを教えてやる。俺をこんなに笑わせることができるのは、マリオだけなんだ」

そう言って、竜吾はほころぶように、ほんとにすてきに笑ったので。

俺は俺でよかったと。

昔にあったつらいことなんて、ここに来るためだったら、どんとこいだと。マリオは、強く強く思ったのだった。


一夜明けて、「マリオ、朝ごはんだ」と声がかけられた。

「いい匂い……」

竜吾が朝食を作ってくれている。今朝はホットサンドだ。ツナとマヨネーズ、ミートソースとチーズ。

「ああ、もう、さいこー！　愛してるよ、竜ちゃん」

そうして、二人はキスをかわす。

「おまえは、ほんとに可愛いな」

「竜ちゃんも最高にかっこいいよ。今日は特にイケメンだよ」

愛しい相手に、愛しいと言えること。

未来があること。

「さいこーだよ！」

そうだ、と、マリオは、前から聞きたかったことを、竜吾に聞くことにした。

「最初のドライブデートが、どうして姫神湖だったの？」

「個人的な都合だ」

聞きたいという態度で、竜吾の次の言葉を待つ。渋々というように、竜吾は話してくれた。

「母親が生きていたときには、あの近くに別荘があって。何回か、家族で行ったんだ。あの頃には、父親もまだ今よりは人情味があったな」

湖畔を歩く夫婦。二人は手を繋いでいる。

そのあとを、兄弟がついていく。誰一人、言葉を発しない。ゆっくりと日が落ちていく。

橙色《だいだいいろ》に湖が染まっていく。

静かで、満ち足りた時間。

「じゃあ、姫神湖に行かないとね」

「は？」

竜吾は家庭教師を始めたころに、マリオの成績で困惑したときみたいな顔をした。

「おまえ、マリオ。何を言ってるんだ。あそこでおまえは、悪魔の計略に引っかかったんだぞ」

「わかってる。だからだよ」

マリオは、うんうんと自分の発言にうなずいている。

「俺は、車の運転に自信がない」

「それだったら、俺が運転するよ。ねえ、竜ちゃん。それで、いいんだね？ 後悔しないね？」

竜吾の唇が震える。そして、「おまえ、運転免許を持っていたのか」と失礼なことを言った。

「あるよ、それくらい」

「知らなかった。いつ、取ったんだ」

「竜ちゃんが司法試験に受かって、修習に行っていたときです」

あのときには、しばらくの間、会うことができなかった。その間に、免許を取得したのだ。

「聞いてない」

「言ってないもん」

「もしかして、俺に言ったら、反対されるから言わなかったのか？」

そんな言われ方、ちょっと傷つくんですけど。

「なに言ってんだよ。俺、ずっとゴールドだぜ」

「そ、そうなのか」

竜吾はほっとしたようだったが、はっと眉をひそめた。

「もしかして、おまえ、免許取ってから一回も運転したことないとか言わないよな」

「あたりです」

さあ。

「竜ちゃん、これでも、俺に運転させる気ですか？　自分で運転するのと、どっちがいい？」

「行かない……という選択肢は……」

「ないです」

気が進まなそうな竜吾に、マリオは念を押す。

「だって、竜ちゃん。ここで行かなかったら、これからずっと車の運転したくなくなるよ。それから、あの辺りに行くときにも、思い出しちゃうよ」

「それは……そうだが……」

「お母さんとの思い出の場所なんでしょ？　それを、そんなままにしたくないよ。俺が、それを塗り替えるから」

ということで、現在、竜吾とマリオは、姫神湖に来ていた。

湖畔で、レンタルした白いバンから、竜吾とマリオは降りる。湖はこちら以外の三方は低い山に囲まれていた。

湖面は緑から青へとグラデーションを描いている。

竜吾は、青い顔をしている。

「あの山のふもとのところから落っこちたんだね」

「ああ。……おまえ、よく、平気な顔していられるな」

竜吾は、こわごわ周囲を見回す。あの悪魔が現れたらどうしようという様子だった。

「家族で散歩したのは？」

「ちょうど、このあたりだ。父と母がいて、千春がいて、俺がいて。あのとき、父親は笑っていたな」

「もしかして、お父さんにとっては、お母さんが笑顔の元だったのかもしれないね」

そう言うと、マリオはよいしょとそこらの大きな石によじ登って、竜吾にキスをした。

竜吾は微笑んだ。

「ありがとう、マリオ。ちゃんと塗り替えられたよ」

「なに言ってんの。これからだよ」

そう言って、マリオは、車から機材を降ろしてきた。

「なんだ、なにをしようっていうんだ？　それはなんだ？」

「これは、ポータブルアンプっていうの。ヒロくんが貸してくれた。電池で動くから、こういうときには便利だよね。こっちはエレキギターで。それから」

マリオは、湖畔に三脚を立てるとカメラを設置した。角度を調整して、湖をバックに撮れるようにする。

「竜ちゃんはそこ、カメラの向こう側にいて。俺のこと、見てればいいから」

「おい、マリオ」

エレキギターを肩にかけると、アンプにつなぐ。ピックを片手に肩をぐるぐる回す。マリオは叫んだ。

「マリオのー、『竜ちゃんラブラブの歌』ー！」

竜吾はあっけにとられて、マリオの爆音の前奏を聴いていた。

マリオは歌い出す。

俺の竜ちゃんは、でかい
俺の竜ちゃんは、かっこいい
俺の竜ちゃんの得意料理は、フレンチトースト
特技はカボチャ切り

ぎゃおん、ぎゃおん、と、ギターをかき鳴らし、熱唱するマリオ。

だから、マリオは竜ちゃんラブラブ
いつだって、マイハートはきみのもの
竜ちゃんラブラブ、竜ちゃんラブラブ
ラブラブ、ラブラブ、ラブラブ、イエーイ！

曲は三番まであって、絶叫でラブラブと歌ったあと、マリオは携帯の背後にいる竜吾に話しかけた。

「ねえ、竜ちゃん、どうだった？　そんなに笑わなくてもいいじゃない。なかなかのできだったと思うんだよね。あ、あれ？　泣いてるの？　泣き笑い？　わー、泣くの、俺だけだと思っていたけど、俺にも、竜ちゃんを泣かせることができたんだね」

竜吾はなんども「ああ、ああ」と言いながら、笑って、泣いている。

やったあ！

マリオは、竜吾に抱きつく。

「塗り変わった？」

「ああ、すっかり、塗り変わったよ。マリオのことしか思い出せない。おまえは、ほんとに、すごいな。すごいやつだ」

「もっと褒めてもいいよ。俺をこうしたのはね、竜ちゃんなんだから」

その場に悪魔はいたのかもしれない。だが、この前で懲《こ》りたのか、気配は見せなかった。

ここにいるのは、竜吾とマリオ。世界で、ただ二人だけだ。そう言っても過言ではない。

「大好きだよ、竜ちゃん！」

「ああ、俺もだ。愛している。マリオ」


このとき、マリオが録画した動画が、マリオの相方のヒロによって配信され、この「竜ちゃんラブラブの歌」がオリコンのヒットチャートとカラオケランキングを席巻し、新郎新婦に名前を替えて歌われる結婚式の定番ソングとなり、姫神湖畔がカップルの聖地となるのは、まだもう少しのちの話となる。


そして、竜吾とマリオのラブラブ生活は続いていく。

歌と、笑いと、ときどき感動の涙を交えながら。

長く、長く、永遠に近いほどに、長く……——

溺愛彼氏の最高の日

ついに、「その日」が来た。

同性どうしの結婚が法律で許可されたのだ。

黒岩竜吾《くろいわりゅうご》は、バー「ボタン」のカウンターにいた。「ボタン」はテーブルが三卓でカウンターは九席の小さな店だ。「ボタン」の名前の通りに、店内のあちこちに、ガラス、プラスチック、貝殻などの、服のボタンが意匠を凝らして配置されている。

竜吾の前にはつまみのナッツとバーボンのグラスがある。竜吾は緊張しつつ、人を待っていた。

その人が、入ってきた。

「たっだいまー」

バーだというのに、そう挨拶しながら、彼は水色のスーツケースを運んできた。竜吾は彼に近寄り、スーツケースを受け取り、店の隅に置く。

「ありがとう、竜ちゃん」

にぱっと笑った顔に、竜吾は心からの安堵《あんど》を覚える。

彼こそが、同居人であり、生涯を誓った相手であり、最愛の恋人である藤枝真理夫《ふじえだまりお》、通称マリオ、竜吾の待ち人その人だった。

マリオは、あいかわらず、つやつやでもちもちだった。久々の再会に、その頬をきゅっとつまみたくなる衝動をこらえる。

マリオは竜吾の隣のハイチェアに、よじのぼるようにして座る。

「なんにしようかなあ」

ママがレモン水を出しながら、微笑《ほほえ》む。

「なあに、マリオちゃん、大きな荷物ね」

「海外帰りなんだ。『カワイイフェス』っていうのがパリであって、それに出たんだよ」

カワイイフェスとは、日本の「カワイイ」を集めたフェスだそうだ。ゆるキャラとか、ゴスロリとか、花をかたどった和菓子とか、果てはどう考えてもホラーな人形シリーズとか。「カワイイ」とはなにか。竜吾を困惑させるものも、多数混じっていたが、まあ、なんだ。マリオをそこに入れたのは、見る目がある。その中で一番、圧倒的に「カワイイ」のはもちろん、マリオだが。異論は認めない。俺が決めた。

「ママ。はい、おみやげ。エッフェル塔チョコレートだよ」

なんだ、その、温泉まんじゅうのようなノリは。

「あらあら、ありがとう。いいのに」

「いつも、お世話になってるからね。……うーんとね、決めた。俺、カカオフィズ」

マリオは、あまり酒に強くない。甘めのカクテルがせいぜいだ。

「えへへー、竜ちゃん、久しぶりだね」

そう言いながら、マリオは頬杖《ほおづえ》を突いた。竜吾がなにを言おうとしてるのかなど、彼にはお見通しなのであろう。

「あー、マリオ」

「うん」

「結婚、しないか?」

「するする! わーい! するよ、結婚!」

彼は、両手を上げてバンザイの姿勢を取った。

いや、了解してくれたのは嬉《うれ》しいが、いいのか。それでいいのか。ほんとうにいいのか。

竜吾は念を押す。

「おまえ、そんなにすぐに返事をして」

「イエス、ダー、ウイ、シー、どこを探しても、返事はOKしかないよ。ずっとずっと、待ってたんだもん。今日はいい日だな。最高だな。ねえ、ママ。店のお客さんにピーチスパークリングをあげて。そいで、俺と竜ちゃんの結婚を祝ってもらって」

「了解!」

ママが陽気にウィンクすると、グラスに薄いピンク色のスパークリングワインを注いだ。

桃の香りが、ここまで漂ってくる。グラスを配られた客が戸惑っている。

「え、いいんですか?」

「うん。俺たちからのおごりだよ。あのね、俺たちね、結婚するんだよ!」

言われた男女のカップルは戸惑っていたが、女性のほうが順応が早かった。

「おめでとう!」

それに合わせるように、男性も、そしてほかの客も声を合わせる。

「結婚、おめでとうー!」

「おめでとう!」

「ありがとう、俺たち、幸せになります。乾杯!」

そう言って、マリオはハイチェアに座っている竜吾の腕を取って、フロアに向かってピースサインをしてみせる。

竜吾は自分では選ばない甘酸っぱいピーチスパークリングを味わいながら、己もまた浮かれていることを自覚していた。

帰宅後。竜吾とマリオは、二人並んでソファに座っている。ローテーブルの上には婚姻届があった。

「はー。とうとう、俺も既婚者になるんだねえ」

マリオが、とろけるような笑顔で言ってきた。竜吾は返す。

「今までと、たいして変わらないだろう？」

マリオがぐぐっと竜吾に顔を寄せてきた。彼の額《ひたい》にはとても珍しいことに縦皺《たてじわ》が寄っている。

「そんなこと、ないもん」

マリオは、盛大に竜吾に抗議してきた。

「そりゃあ、今までだって、俺と竜ちゃんは生涯を誓い合った恋人同士だったけど、恋人と結婚相手では、重みが違うもん。『配偶者』ってところに竜ちゃんの名前を書けるし、竜ちゃんの配偶者も俺なんだよ。竜ちゃんのこと、『俺のつれあいです』って言えるの、すごくない？　ねえ、すごくない？」

配偶者という立場がいかに強いかは、弁護士という職業柄、いやというほど知っている。愛の深さや生活している長さより、法律上ではこの一枚の婚姻届が強い。

保険の受取人にだって簡単になれるし、ローンも一緒に組める。これからは、マンションの同居人のところに「友人」と書かなくても済むのだ。

「それは、すごいな」

「でしょー?」

マリオが笑っている。竜吾は自分も嬉しくなる。

「じゃ、書くね」

マリオが先に書き、竜吾が隣を埋める。

「書けたね！　うん、上出来だ」

「そうだな。上出来だな。あとは、二人ぶんの証人欄を埋めるだけだ」

マリオの鼻先にキスをする。お返しというように、マリオが竜吾の口の端を齧《かじ》る。

この、肌。この、匂《にお》い。

竜吾は陶然となる。

そう、これだ。求めていたのは、これだ。

彼の身体《からだ》を抱き上げて、寝室に運ぶ。ベッドに寝かせると、マリオが拒むように身体をねじった。

「どうした?」

「久しぶりで、恥ずかしいんだよ……」

「う」

基本、マリオはいつもこういうことにはノリノリだ。「さあ、やろう！」「どんとこい！」「どんなことする?」みたいに、淫靡《いんび》さとはほど遠い、彼らしい明るさに満ちた営みになる。

だが、たまに離れたあとには、こうして不慣れな仕種《しぐさ》を見せてくる。そういうことをされると、産毛の一本一本が燃え立つような、ちりちりとした雄の欲望に囚われてしまう。

竜吾は、果物の皮を剝《む》くようにつるりと彼の服を脱がせた。ぐっと足を引きあける。

「竜ちゃん、悪い顔だー！　けだもの顔だ」

「きらいか？」

「うう……」

マリオは自分の顔を隠してしまっている。ほかのすべては、あらわになっているというのに。

小さな、小さな、声で言う。

「好き……」

「そうか」

そう言って笑った自分は、さぞかし獰猛《どうもう》な顔をしていたと思う。

舌を、マリオの臍《へそ》の中に差し入れた。臍から下に向かって舐《な》めていく。こういう仕種をカンガルーの母親がしていたな。生まれたてのカンガルーの赤ん坊は指の先ほどもなく、母親が舐めたあとを辿《たど》って腹の袋に向かっていくんだ。

マリオのここには、なにが流れているんだろう。そう思って指で辿ると、マリオの背中が反った。

「あ、あ、竜ちゃん」

マリオが自らのペニスを摑《つか》もうとしたので、手首を押さえた。マリオが睨《にら》んできたが、目の縁が赤くて色っぽいので、逆効果だ。

「竜ちゃんの、意地悪ー」

「そんなことを言われても、煽《あお》られるだけだ。俺にさせろ。ずっと、おまえにふれたくてたまらなかったんだ。それくらい、いいだろう？」

「竜ちゃんも？」

「当たり前だろう」

「竜ちゃんはいつも平気な顔をしているから、いざっていうときまで、そういう気持ちにはならないのかと思っていた」

「鋭いな。半分は、当たっている」

マリオがいないと、自分の欲望は萎《しぼ》んでしまい、どこかに行ってしまっていた。それが、どうだろう。マリオの顔を見て、その存在を感じたとたん、こんなにも満ちてくる。

「おまえにも、俺を、思い出してもらわないとな」

こうして、俺の指で腿《もも》を撫《な》でられるのが、親指の先で会陰の奥までくすぐられるのが、大好きだってことを。

「竜ちゃん、もう、むりだよ。出ちゃうよう！」

シーツにこすりつける腰をなだめるように、そのペニスの先端を含んでやった。優しく吸いあげると、マリオは高く声をあげて、竜吾の口の中に精を吐いた。

「こうされるの、いやか？」

口の端から垂れる、マリオの白濁を手の甲でぬぐいながら、竜吾は言った。肩で荒く息をついていたマリオだったが、一度達したことで少し、落ちついたらしい。

ううんと彼は首を振った。そうかと答える。もとより、自分が拒まれるなど、毛ほども予想していなかったのだが。

「竜ちゃんに求められているって気がする。俺は竜ちゃんのものって、身体で宣言されているみたい。だから、いやじゃないよ」

竜吾はマリオの小さな二つの尻たぶの合間に指を分け入らせ、中に侵入し、くねらせ、ざわつかせ、なぶり、広げる。

「ああ、もう、だめえ」

そう言って、そこがすっかりと自分を思い出すまで、執拗《しつよう》に指を使う。

「竜ちゃん、竜ちゃん」

だから、押し入るときにはマリオはもうすっかりと竜吾を身体で歓迎していて、その高ぶりの角度に合わせて、足を上げて腰を突き出し、飲み込みさえしたのだった。

「これ、ずっと、欲しかった。竜ちゃんの。竜ちゃん……！」

マリオは半分意識が飛んでいた。それなのに、切れ切れに、自分を呼んでいる。俺のマリオ。俺だけのマリオ。

ぐっと彼の腰を抱き、密着させる。竜吾のペニスが、彼の中ではぜる。

「ふえ……。竜ちゃん……」

マリオはもう、射精する力がない。たらたらとペニスの先から透明な液体が漏れただけだ。だが、抱きしめていた身体から力が抜けて、ふうっと息を吐いて柔らかくなったので、彼が達したのが竜吾にはわかった。


身体を清めて、シーツを替えてやれば、そこにいるのは、よくしゃべるいつものマリオだった。

「今の竜ちゃんは、前の竜ちゃんとは、ほんのちょっと違ってるんだよ。その竜ちゃんと、えっちなことして、ようやく、お馴染《なじ》みさんになった感じなの」

「よくわからんな。マリオは変わらん」

「変わったでしょー。一キロ痩せたもん」

「……」

竜吾は、彼の腰をわしっと摑んだ。

「ちょっと、細くなったか？」

たいへんだったのか。食事が口に合わなかったのか。

そういう顔をしてしまったのに、違いない。マリオはあわてて、言い訳した。

「でも、大丈夫。筋肉になったから。竜ちゃんの大好きなマリオは、密度がよりいっそう増しただけだから。ね？」

だから、泣かないでと、マリオは竜吾を胸に抱きしめ、「いいこ、いいこ」と撫でてくれた。

そうしながら、眠ってしまっている。そっと彼の腕をほどいてシーツに入れてやりながら、竜吾はつぶやいた。

「お疲れ様、マリオ。おまえとまた会えて、嬉しいよ」

マリオと出会う前の自分は、ずっと、暗い部屋の中にいたような気がする。

彼の「家庭教師の歌」がおかしくて。

笑ったのなんて、久しぶりで、表情筋が驚いていたっけ。

マリオがあのまま、社会人になって、サラリーマンになれるとは、どうしても思えなかった。彼が潰れていくのなんて、見たくない。

マリオらしく、生き生きと、していて欲しい。

俺の思いにこたえたおまえは、輝きだしたんだ。

マリオ。おまえは、ブリリアントダイヤモンドのような、輝く純粋さを持っている。自分は、きっと、それに惹《ひ》かれたのだ。

翌日のことだった。

虎ノ門の事務所に入った竜吾は、気を引き締めて、所長のデスクまで話をしに行ってみる。所長は白川麗子《しらかわれいこ》。自分より五歳ほど年上の、細身の女性だった。あまり年齢は変わらないが、自分とは野心が違う。彼女が所長になってから、この事務所は弁護士は五名、事務員は三名増えた。そして、クライアントからの報酬もうなぎ登りなのだ。非常な遣り手《やりて》と言えるだろう。

「所長。お話が、あるんですが」

「え、やだ。なに、深刻な顔。辞めるとか言わないでよ。せっかく、強面《こわもて》の黒岩先生の存在感で、仕事がやりやすくなってきたのに」

竜吾は黙った。ことと次第によっては、辞めるという可能性もなくはない。法律が施行されたとしても、人間の感情は不条理でコントロールしがたいものだ。クライアントになにか言われたときにも、困るだろう。

黙り込んだ竜吾を見て、白川はあせったようだった。

「うそーん。ほんとに？　えーと。十五分。十五分だけなら、あけるから。会議室いこ。話そう」

通常はクライアントと話しあうために利用する、六人ほどが入ればいっぱいの会議室だった。そこで、所長と向かい合う。どう言えばいいのか、悩みつつ、竜吾はしどろもどろに切り出した。

「……その、結婚、するんです」

間違いじゃない。間違いじゃないけど、そうじゃない。

白川が安堵で息を吐いた。

「あ、なんだー。なんだー。おめでとう」

「それが、相手なんですが」

「え。なんなの？　やばい相手なの？」

どう言えばわかるのか。えーい、ままよ。竜吾は携帯端末を取り出すと、マリオの動画を再生した。湖畔で撮った映像だ。それを、白川に見せる。

「え、なに、これ。マリオじゃない。これが、どうかしたの」

マリオはラストのサビを繰り返している。会議室の中に流れる、「ラブラブ竜ちゃん」という彼の歌声は、限りなくシュールだった。

しばらく、沈黙が続いた。

白川がこちらを見た。唇がわなないている。めったに見せない、彼女が芯から動揺している顔。それから、ようやく、言葉が出た。

「え、まさか」

「はい」

「この、竜ちゃんって黒岩先生？」

「はい」

そのときに白川が見せた顔。マリオが、「たまに竜ちゃんは『虚無を見つめる顔』をするときがあるよね」と言っていた。

そう、今、目の前の白川がしている、これがおそらくは、「虚無を見つめる顔」なのだ。これか。

白川先生は、なんと、舌打ちをした。

「知ってたら、私の結婚式のときのだんなを止めたのに」

「そういえば、新郎が歌っていましたね」

「竜ちゃんラブラブの歌」は、結婚式で替え歌として披露されることが多い。白川の結婚式のときにも、新郎が興に乗って「麗子にラブラブ！」と、シャウトしていた。

「申し訳ありません」

「は？　なんに対して、謝ってるわけ？」

「たぶん、イレギュラーだから……でしょうか」

「まあ、びっくりしてないって言ったら、嘘になるけど。こういうことは、今後も起こるわけだし。民法がいいって言っているものを否定するのも、おかしな話でしょ」

意外だった。そういえば、昨日の夜も、最初に祝福してくれたのは、女性のほうだった。こういうことに順応するのは、女性のほうが早いのかもしれない。

「もし、私が辞めてくれって言ったら、辞めるつもりだったわけ？」

「はい……」

「なによ、堂々としてなさいよ。そんなことになったら、『訴えてやる』っていうくらいの気概でいなさいよ」

立ち上がった彼女にばんと肩を叩かれた。痛い。

「じゃあ」

「結婚おめでとう、黒岩先生」

そう言って、白川は手を出した。

そうか。めでたいのか。そうか。そう言ってくれるのか。

竜吾も立ち上がると、彼女の手を握り返す。温かく、柔らかい手だった。

田園調布《でんえんちょうふ》の駅から、マリオと竜吾は緩い坂を上がっていく。

「マリオのお父さんには、すんなり署名をいただけてよかった」

「うん。前の日に、お母さんに言っておいたから」

「うん？」

「知ってた？　うちのお父さん、お母さんが大好きなの。そいで、お母さんのほうが、俺のことをわかってるの。だから、事前にお母さんに話しておいて、お父さんに言っておいてもらったんだ。あれだよ。根回しってやつ」

そう言って、マリオは笑った。

数年前は、父親にまだ反抗していたというのに、今は、こんなことまでしてみせる。

「すごいな、おまえは。賢いな」

そう言ったら、マリオは言った。

「竜ちゃんが、俺を、そうしてくれたんだよ。育ててくれたことに感謝はするけど、お父さんに認めてもらえなくても、自分と竜ちゃんがわかっていれば、それでいいなあって思ったんだ」

「そうか」

明るく、マリオは答えた。

「うん！」

マリオはどこまでも、呑気《のんき》で嬉しそうだった。

「うっふふー、これで、ずっとずっと、いっしょにいられるんだね」

「いつか、別れるつもりだったのか」

「そんなわけないでしょ！」

「そうだな。そうだとしても、離せないがな」

「ふおおおお！」

マリオが両手を口に当てている。なんだ、どうしたんだ？

「竜ちゃん、そんなこと、考えてたんだ」

「ああ、割といつでもな」

「ふふ、かっこいい」

そう言うと、腕を組んできた。珍しい。

「もしかして、マリオ、緊張してるのか？」

「うん。なんでかな。今日は、これから、千春さんにお願いしに行くだけなのにね。どうしてか、緊張しているんだよ」

兄の笑顔は、マリオ曰《いわ》く、いつだってうさんくさい。

「いらっしゃーい」

あいかわらず、こちらを圧迫してくる家だと竜吾は思う。前には、そんなことは思わなかった。マリオと出会う前には。

だが、気にすることはない。これは、父と兄の家であって、自分の家では、もうないのだから。

マリオと竜吾は、虎《とら》の毛皮の敷物がある部屋に通されて、並んでソファに座った。

用事は前もって伝えてあった。根回しというやつだ。竜吾が婚姻届とペンを取り出す。

「証人欄の署名捺印、よろしくお願いします」

「いいけど、それ、うちの父じゃだめ？」

その声を待っていたかのように、衝立《ついたて》の陰から、年配の男性が現れた。竜吾の父親だ。マリオが声をあげた。

「うわあ、竜ちゃんに似てる」

そうだ。久しぶりに見た父親は、なんと自分に似ていることだろう。しかも、かつての、マリオと出会う前の自分だ。むっつりとしたその顔を見ていると、こんなふうに自分も表情筋が死んでいたんだなあとつくづくと思う。

「あ、すみません！」

ひょこんとマリオはソファから立ち上がると、深くお辞儀をした。もしかして、今回、こいつが緊張していたのは、父親がいることを予知していたからじゃあるまいな。そんなことを思ってしまう竜吾であった。マリオには、ちょっとこちらが予想もつかないくらいに、勘が鋭いところがある。

「竜吾。おまえは、家に帰ってくる気はないのか」

「ありません」

「男と結婚とか、正気か」

「これ以上ないほど、正気です」

千春はソファにもたれている。マリオがハラハラしているように、こちらを見ていた。

「将来、気が変わったときに、おまえが笑いものになるんだぞ」

「変わりません」

「どうして、そう言い切れる。おまえだって見ているだろう。結婚するときには、美点にばかり目を奪われている。だが、どうだ。結婚したら、相手のあらばかりが見えるんだぞ」

「おじさんも、そうだった?」

マリオが、父親に聞いた。父親が驚いたように、マリオを見ている。

「おじさんも、竜ちゃんのお母さんのあらばっかり見えた?」

父親が言いくるめられているところなんて、初めて見た。

「俺、だめなところもたくさんあるけど。でも、俺の中に永遠があるから、大丈夫だよ。おじさん」

父親は長いこと、黙っていた。

「あいつも、そんなことを、言っていたな」

あいつとは、竜吾の母親のことだろう。苦いような、そのくせ、そのほろ苦さを慈《いつく》しんでいるかのような表情をしていた。

「貸せ」

千春がにやっと笑って、父親の前に婚姻届とペンを置いた。ペンを取り上げて、父親は言った。

「結婚式は、しないのか」

父親から、そんな言葉が出るとは予想していなかったので、竜吾が絶句していると、署名しながら、こちらを見ずに言った。

「しろよ。私は、あいつを花嫁にしてやることができなかった」

やもめであった父と竜吾の母とは、いわゆる出来婚で、なし崩しに籍を入れることになったらしい。

「それを、後悔している。……後悔ばかりだ」

ひりつくような響きがあった。

千春が陽気に言った。

「だったら二人の結婚式は、ぼくにまかせてよ。万事、取り仕切ってあげるから。こう見えても、ぼくは段取りは得意なんだよ」

千春が段取り上手なのは、本当だ。だが、こいつは悪趣味だ。断ろうと思ったのに、マリオは深く頭を下げていた。

「よろしくお願いします」

いいのか？　後悔しないのか？

「うんうん。どーんと大船に乗ったつもりでまかせてよ」

そう言って、千春は笑った。ますます、あやしい。

結婚式当日は快晴。控え室で、竜吾はタキシード、マリオは和装というういでたちでかしこまっている。

それにしても、と、竜吾は思う。

なんでここなのだ？　ここにする必要はあったのか？

そこは、竜吾たちが最後に籠城《ろうじょう》して、悪魔とやりあった場所、山の中腹にある、ホテルの別館だった。

因縁深いこの場所にすることはなかったんじゃないか。

渋い顔の竜吾をよそに、マリオはご機嫌だ。

「ずいぶんと様変わりしてるね。あのときより、きれいになったよね」

「だろ？」

千春が説明してくれた。

「廃業してたけど、今は買収されて、本館は高級老人ホーム、そして別館のこっちは会員制の隠れ家ホテルになってるんだ。まずまずの稼働率らしいよ」

庭はみずみずしく木々が生い茂り、朽ちかけたことなど一度もなかったかのようだ。

「このホテルにおかしなものが入ってこないように、封印しておきましたからね」

にやっと礼服の背が丸い芥川《あくたがわ》が言う。マリオが疑問を口にした。

「あの、穴はどうなったの？」

「防空壕《ぼうくうごう》はちゃんと塞いでもらいました」

竜吾は一瞬、「防空壕は」に引っかかったが、「そろそろチャペルのほうに移動をお願いします」というスタッフの声がけに、うやむやになってしまった。


チャペルで愛を誓ったのち、披露宴がミカエルの間にて、執り行われた。

呼んだのは、各々の親族と仕事関係者、友人。興味本位だったのかもしれないが、欠席する者がいなかったのが、竜吾には意外だった。

二人がキャンドルサービスをしているときだった。

広間の中央から、煙が上がった。

と思うと、以前、魔法陣のあった場所に、死神が立っていた。礼服に白いネクタイを着用している。一応、TPOをわきまえているらしい。

「ねえ、入ってこないようになってたんじゃないの？」

文句を言ったのは、マリオだ。だが、それも、無理はない。今日という、晴れの日に、いきなりの死神の訪問とは、縁起が悪いにも程がある。動いているのは自分たちだけ。自分と、マリオとそして、芥川だけだった。手にしているキャンドルの火さえ、今は止まっている。

「すみません。見た目はきれいにしたんですが、完全には消せませんでした」

芥川はしょんぼりしている。死神は、ふっとため息をついた。

「私も、今日というめでたい日に、どうかとは思ったのですが。あなたたちには、いろいろと申し訳ないことをしましたので」

「ほんとに、まったくだよ」

マリオは死神相手だというのに、ぶーぶーと文句を言っている。

「最初、姫神湖でのときに気がついてくれていたら、あんなややこしいことにはならなかったのに」

「まあ、本日は、その謝罪のつもりです。本来はいけないことですが、特別サービスです」

そう言って、彼が手を差し出す。その手を取って魔法陣から現れたのは、ワンピースを着た自分と同じくらいの年齢の女性だった。

この顔。竜吾の唇が震える。

「かあ……、さん?」

今まで、忘れたことはない。最後にこちらを見て、微笑んでいた彼女の顔。痛かったはずなのに。それよりも、息子の無事を見届けた安堵がそこにはあった。

あなたが教えてくれたことだ。

愛する者がいることは、幸せだ。愛を、無尽蔵に注げる相手がいることは、なにより尊いことだ。

「俺は、わかったんだ。俺にも、できたんだ。愛する相手が」

母はうなずいた。それから、泳ぐように、竜吾の父親のところに行くと、そっと背後から彼を抱きしめる。椅子に腰かけた父親はもちろん、動いてはいない。彼女は目を閉じる。祈っているかのように。そして、その姿はかき消えた。

死神が言った。

「特別サービスは終わりです」

「ありがとう。母を、連れてきてくれたんだな」

「では、お二人とも、おめでとうございます。私からも、祝福を」

きらきらしたものが目の前に散ったかと思うと、また、周囲のざわめきが戻った。キャンドルサービスを続行したのだが、父親はしきりと周囲を気にしている。マリオが聞いた。

「おじさん、どうしたの？」

「いや。なんだか、あいつが、近くにいたような気がしたんだ」

「いるよ。きっと」

マリオは言い切った。

「あの人の中にも、たぶん、永遠はあったから」

「そうか。うん、そうだな。そうか」

キャンドルサービスが終わり、余興が始まる。あちこちから、声がかかった。

「ねえ、マリオ。歌って」

「歌わないの?」

「本家本元が聴きたい」

高砂《たかさご》のひな壇にいたマリオが立ち上がる。

「え、そう?」

竜吾はたじろぐ。

「まさか」

どこからか、アンプが運び込まれる。マリオは和装のまま、ギターケースをあけるとエレキを肩にかける。ぎゅわーんとマリオがピックで弦《げん》をかき鳴らすと、広間が沸き立った。

マイクに向かって、マリオは言った。

「今日は、竜ちゃんと俺の結婚式に来てくれて、ほんとに、ありがと! 心を込めて、歌っちゃうよ!」

ヒロがマラカスやタンバリンやカスタネットを来賓に配り出す。おまえ、どうでもいいが、用意がいいな。

だから、マリオは竜ちゃんラブラブ
いつだって、マイハートはきみのもの
竜ちゃんラブラブ、竜ちゃんラブラブ

ラブラブ、ラブラブ、ラブラブ、イエーイ！


熱唱に合わせて、いつもは澄まし顔の白川所長がめちゃくちゃにマラカスを振っている。

マリオが叫ぶ。

「竜ちゃんも！　竜ちゃんも、歌って？」

「歌えないぞ！」

「サビだけでいいから。いっしょに」

だから、竜吾はマリオにラブラブ

ミカエルの間に、声が響き渡り、わーわーと拍手が重なる。

「俺たちの結婚式、最高だね！」

マリオが言ったので、竜吾も返す。

「ああ、最高だ」

いつだって、おまえは、最高だ。

そして、今日も、明日も、その最高を更新していくんだ。

あとがき

こんにちは。ナツ之えだまめです。

この本を読んでいただいて、ありがとうございます。

今回の担当さんからのオーダーは、「タイムループもの」でした。

そして、当時の私は、どうしてか「あまのじゃくな二人」がマイブームになっていたのでございます。

「愛し合っているのに言えない二人」というところから、ぐるぐる、ぐるぐる、回して、この話が出来上がりました。

書いている途中ではどうなるかと思ったのですが、ラストシーンの竜吾とマリオが、あまりにも幸せそうで、私も心のタンバリンをシャンシャンと盛大に鳴らしました。

兜の話は、うちの実家の話でして、こんなことを覚えていたんだなあと、つくづくと思ったことでした。小説を書いていると、とんでもないところから、ぽろりと物語の種が出てきますね。

なにが自分の中心にあるかは、己でもどうにもならないんですよねえ。

おそらく誰もが、自分の中に大切にしているものがあって、それを傷つけられるのは、自分の魂を侮辱されるに等しいのではないかなあ。

逆に、それをとてもだいじにしてくれる人と巡り会えれば、うれしいのしいのでは。

……というようなことを、書きながら思っていました。

あの、あのですね。

六芦かえで先生、すごくないですか。

偉大じゃないですか。

竜吾って、私の中で、「ごつくて、でも、美形」という、「どうすれば、これが実現できるんだろう」という、難しい男だったんです。だけど、先生は「偉丈夫で武道やってそうだけど、圧倒的美男子」という彼を、奇跡のバランスで描いて下さいました。

私、キャララフで、テンションがぶち上がりました。

そして、マリオ。

可愛い。もう、可愛い。

竜吾じゃなくたって、ほっぺた、つまみたくなりますよ。

竜吾は毎日、このほっぺたをなでなでしたり、むちむちしたり、ときには唇で味わったりしているのだなと思うと、「あああああっ」ってなります。

ありがとうございました。

そして、担当のAさん。今回こそは、まじめに早めに原稿をと思ったのに、タイトル出しで苦悶することになり、……――えっと、あの、お疲れ様でした。

（おまえが疲れさせたんじゃい！　というご意見は平伏して承ります）

読んでくださる読者の方には、ただひたすら、楽しんでいただけたなら、えだまめは、嬉しいです。

ではまた、次の物語でお目にかかりましょう。

ナツ之えだまめ

✦初出　溺愛彼氏はそれを我慢できない………………書き下ろし
溺愛彼氏の最高の日…………………………書き下ろし

ナツ之えだまめ先生、六芦かえで先生へのお便り、本作品に関するご意見、ご感想などは
〒151-0051 東京都渋谷区千駄ヶ谷 4-9-7
幻冬舎コミックス　ルチル文庫「溺愛彼氏はそれを我慢できない」係まで。

幻冬舎ルチル文庫

溺愛彼氏はそれを我慢できない

2022年6月20日　第1刷発行

✦著者　ナツ之えだまめ　なつの えだまめ

✦発行人　石原正康

✦発行元　株式会社 幻冬舎コミックス
〒151-0051 東京都渋谷区千駄ヶ谷 4-9-7
電話 03(5411)6431[編集]

✦発売元　株式会社 幻冬舎
〒151-0051 東京都渋谷区千駄ヶ谷 4-9-7
電話 03(5411)6222[営業]
振替 00120-8-767643

✦印刷・製本所　中央精版印刷株式会社

✦検印廃止

ISBN978-4-344-85064-4　C0193　Printed in Japan